看看我的脸

赵兰振◎著

河南文艺出版社
·郑州·

图书在版编目（CIP）数据

看看我的脸／赵兰振著． －－ 郑州：河南文艺出版社，
2025.4． －－ ISBN 978-7-5559-1751-9

Ⅰ.I247.5

中国国家版本馆 CIP 数据核字第 2025P7F545 号

选题策划　　王淑贵
责任编辑　　王淑贵
责任校对　　梁　晓
美术编辑　　吴　月
装帧设计　　回目线视觉传达
　　　　　　13811159477
责任印制　　陈少强

出版发行　河南文艺出版社
社　　址　郑州市郑东新区祥盛街 27 号 C 座 5 楼
承印单位　河南瑞之光印刷股份有限公司
经销单位　新华书店
开　　本　787 毫米 × 1092 毫米　1/32
印　　张　4.25
字　　数　63 000
版　　次　2025 年 4 月第 1 版
印　　次　2025 年 4 月第 1 次印刷
定　　价　45.00 元

印厂地址　河南省武陟县产业集聚区东区（詹店镇）泰安路
邮政编码　454950　　电话　0371-63956290

目 录

第一章

　　雪生给谷米讲了这样一件事：

　　东队的转运你认识吧？就是好运他哥，当过兵，秋冬农闲时节没事儿总是斜挎着长火枪到处转悠打野兔。他不但好打兔子，还好钓黄鳝，我的黄鳝钩就是他帮我捏的，也是他教会我钓黄鳝的。前几天他在北地野塘里发现了一个黄鳝洞——在塘北堰，靠近水边，一堆草盖得严严实实的黄鳝洞。但凡大黄鳝都很狡猾，不是你想钓就能钓到的。转运每天清晨雾蒙蒙时分就去那儿守候，他与那条老黄鳝较劲儿，他发誓一定要钓到它，要把它从草窝里掂上来。但老黄鳝也不是瓢茬，当然不会束手就擒。它也知道了转运的心思，也看到天不亮总在塘堰逡巡的人影。不，是它听见的，但也许是它藏在另一处洞口看见的。反正它知道转运在打它的主意，清楚转运的心思。

老黄鳝自有老黄鳝的办法，它叫来了另一条长虫，蛇鳝同穴，这你知道吧？那是条大蛇，很多人都在北塘里瞅见过这条蛇，所以北塘那儿人们轻易不敢前往，只有转运这种天不怕地不怕当过兵摸过枪的信球①轻车熟路，想去就去。老黄鳝请那条大蛇住在它洞里，大蛇不明底里，再说它们也经常换洞住，也没太在意。但大清早那条蛇刚刚睡醒就闻到了曲蟮香，就在洞口，让它垂涎三尺。你知道吧，长虫除了好吃蛤蟆，偶尔也会品尝一口曲蟮，只是曲蟮不是随便就能碰到的，碰到了当然不容错失。

大蛇睡眼惺忪，悄悄钻向洞口，猛地一伸脖颈，一口咬住了香喷喷的曲蟮——我的个乖乖，这可是条壮嘴的大

---

① 方言，傻瓜的意思。

曲蟮，不只是填牙缝，说不定还能饱餐一顿呢！大蛇高兴万分，哇呜，又狠狠用劲，而且慌着要用弯曲的颤动的长芯子舔舐品味——这时转运感到了传到手上的重感，知道大黄鳝终于咬钩了。只要它咬住钩哪有可能再逃脱！转运心里扑腾扑腾狂跳，但压抑着兴奋的心情不紧不慢与钓钩上的沉重较劲。他逐渐加大提拉的力量，那只老黄鳝露头了，虎视眈眈。转运一直以为是老黄鳝呢，哪想到已经"狸猫换太子"了。

他差不多是拽着钓钩，猛地朝上朝后用劲，哧哧溜溜，我的个乖乖，怎么这么长，这是条啥样的黄鳝啊，真是没见过啊！他已经后退到塘半坡，这个时候他还没发现不对劲儿，哪有黄鳝这么长的啊！他仍在朝坡上退，但那条蛇等不及了，也可能是嘴上太疼，它自己出溜撅拱后半截长身子　家伙跳出洞来，说时迟，那时快，大蛇一甩尾巴就缠住了转运。直到此时，转运还在发癔症，还没意识到他钓到的是长虫而不是那条老黄鳝，老黄鳝施了调包计。

但一切为时已晚，大蛇不依不饶，噌噌噌，尾巴打得啪啪响，将转运缠了几圈，又缠了几圈。转运有点出不来气儿，有点憋闷，只觉得身上像是被粗缆交错煞紧，连肋骨都快要被勒断了。他忽然明白自己遭遇了什么，他嗅到了一股难闻的腥臭，也感到了透骨的冰凉，就像有人朝他嘴里鼻子里掬了一把冰片。转运已经知道那是条大蛇，老黄鳝骗了他，而且大蛇在缠紧他，他危在旦夕，小命马上就要没了，就要一命呜呼了。

可转运是谁啊？转运当过特种兵。有一天夜里他站岗，一匹凶猛的饿狼来找他，可能是闻到了他身上的热气，想尝尝他那一身腱子肉。那狼从背后跳上了他的肩膀，想哇呜一口咬断他的脖颈。转运站着没动，风刮得吼吼叫，他当然知道拍他肩膀的是谁。他没有扭头，伸手一拽，一把抓住那狼一条腿，咔嚓一扭接着抓起呼嗵一摔，那头狼脑浆崩裂，就躺在他面前只有抽搐的份儿了。转运没有受伤，只是脸上被狼抓了几道浅伤。你看见转运脸上的伤疤了吧？那就是那头狼留下的印迹。

还有一回转运要送一封信，是战备信，鸡毛信，要走夜路。我的个乖乖，这回碰见的不是一头狼，而是一头豹子！花斑金钱豹！豹子就卧在路边的树扑楞①里、草窠里，单等着转运走过就铺天盖地上去一家伙按着这个肉墩墩香喷喷的人儿。豹子总是好做梦，不但是人好做美梦，豹子更好做美梦。它在这个夜里饥肠辘辘，等着人来果腹。但它没想到碰上的是转运，是个一伸手就能抓住一头狼摔死的人。要是它知道这人的力气这么大，可以和武松比试，那它可能就去别处觅食了。也是这头豹子活该倒霉，它影影绰绰看到转运急匆匆走来，肚子一吸就蹿了出来。转运就是平时走路也防着路边飞祸，所以闪电般扑来的豹子并没有使他惊慌失措。他在黑灯瞎火抬头不见月牙的暗夜里一闪身，躲过排山倒海般横压过来的飞物，接着一伸手捞住一条腿，他这时才不管它是谁的腿呢，拎起来转圈——就这样转圈，雪生磨转身子，学着黑夜里转运的动作，而且两只手做出握紧的姿势，接着猛地朝地上摔去——转运又是一摔，那头豹子就被摔死了。这一次可不是脑浆崩裂，豹子的肋巴骨都给摔断了，咔咔嚓嚓乱响，呜呼哀

---

① 方言，指灌木丛。

哉!

徒手摔死过狼和豹子的人,这个世界上他还能怕个啥!你一条细细的长虫真能捆死转运?哼!转运觉着那捆紧他的长虫像是浸饱水的湿泥,死沉死沉,但他还是拖拉着挪到那棵柳树旁。北塘北坡里那棵柳树,你见过吧,有一抱粗细,正疯长的年龄,得风得水得太阳,树皮胀得沟沟壑壑,裂开一道道粗糙的口子。

转运出气回气已经有点困难,但他坚持着,将大蛇的身子贴紧树皮,哧,哧,哧……转运开始一下一下摩擦。大蛇只顾用力缠紧,没有操心转运要做什么。它想孙悟空再能,还能跳出如来佛的手心?你现在早已是我的盘中餐口中肉,我看你还能走几步!就让你走动几步吧,活泛活泛身子,血肉味道更鲜美!但大蛇没想到它缠住的是一个特种兵,他有对付它的各种办法。这堆好肉曾经让另外也想吃这堆肉的凶狼和豹子成了两堆好肉。转运不急不慌地摩擦,只听见大蛇的鳞片像剥玉米粒一样脱落,每片都有蒲扇大小,塘半坡里堆满长虫鳞,一踩一脚跟,都没有转运下脚的空地儿了。转运整整磨了半上午啊,那条大蛇终于撑不住，一点一点被磨烂，磨死。肠子肚子拨浪鼓子，整个身体烂成好几截。

雪生讲得很投入，都忘了手里正在拾掇的黄鳝钩。他陷在大蛇出洞的那个恐怖的清晨，仿佛他就在场，站在北塘的塘堰上睁大眼睛看转运怎么对付缠紧他的那条大蛇。雪生讲话时头向一侧梗伸，嘴也跟着一歪一歪，像是狗啃骨头。他的眉头皱着，前额的皱纹像几根铁丝拧在一起，中间朝上弓起。他的眼睫毛很长。他并没有看谷米，甚至讲到最要紧处也没有盯谷米一眼，朝外翻翻露出眼白，像是水塘里的鲢子在玩肚皮朝天的杂技。

雪生操心的事情多着呢，他在朝上看树枝上的鸣蝉，他逮不着黄鳝但逮蝉是个能手。他们此刻就站在村里东大坑旁的那排柳树下，柳荫并不稠密，阳光花花搭搭地洒下来。雪生皱纹间有细汗涔涔，但他一点儿也没感到热，谷米也不觉得热，转运的故事深深吸引着他们。那口北塘谷米当然去过，只是不敢多去，尤其是夏天玉米高粱什么的庄稼一长起来，他更不敢越雷池一步。谷米去年秋天去过那块地里薅草，是一群学生一起去的。他们为班里割草，勤工俭学。那棵站在半坡里的柳树略略有点弯腰，但是长势喜人，一蓬伞似的。紧邻塘北堰是一处高冈，挖塘时塘土堆垒起来的。孩子们都喜欢高冈，放眼全是平坦得不能再平坦的土地，有一处异样的高冈会让人感觉敞亮，有大山的气息。谷米就登上了高冈，他似乎也想在那儿找到更茂盛的青草。冈上种满稀稀落落的谷子，砂姜土瘠薄，谷子并不苗壮，抽出的谷穗甚至比茅草穗也大不了多少，而且还没有红米，一律泛青泛白。蝈蝈喜欢在谷地里转悠，所以谷米左审右寻不是在找谷丛里的茅草而是在探听蝈蝈的虚实。

他听见了一串蝈蝈弹琴的声音。他循声静悄悄靠近，尽可能不碰响谷棵，当一阵风吹来时他才抬起一条腿，再轻轻放下。他的心都粘附在蝈蝈身上，哪还顾得上脚下。他踩到了一处软软的什么——他发觉不对劲，就像是踩在一个人的肚子上。谷米低头一看，猛地跳开嗷号一声，有人也被这声号叫吓跑，只远远地看着，一会儿又蹑手蹑脚围上来，问他遇见了什么。"是大长虫吗？"一个胳膊窝里抱着一掐子青草的女孩儿紧张地问他。大家伙儿都听说过这塘里有一条大长虫，好几个在这块田里干活的人瞅见过，说是头在冈子顶，尖尖的尾巴还在水里乱扑悠；说是红芯子有尺把长，一闪一烁像火丛。谷米踩到的不是大长虫，也不是小长虫，而是一个死去的婴儿！那个婴儿小脸干瘪又青又黑，就那样四仰八叉仰躺在谷丛里，谷米一脚踩到了他的肚子上。谷米担心踩破了婴儿的肚子，更担心他的脚——那脚竟踩在了死婴的肚子上！他的脚变得沉重，他的心也一直悬着。其实这处高冈是一处乱葬岗子，是人们扔早夭的婴儿的地方。当年婴儿死亡率很高，村子里几乎家家户户都有过孩子早夭，不是啥稀罕事儿。但为啥早夭的孩子不埋葬而要露天扔在冈子上，好像没有人说得清原委。

后来谷米在村口见到了转运，而且问了他大黄鳝的事情。但转运摸不着头脑，瞪大眼睛吼一句："什么大和尚！"（他把"黄鳝"听成"和尚"了）因而谷米有点怀疑北塘里钓到大蛇的事情是子虚乌有。但当时雪生言之凿凿的样子又不像是假的。转运从部队复员回村两三年了，连穿回来的军装都早已没了影儿，身上不见一丝绿，没有星点当过兵的痕迹，更别提什么特种兵了。转运有点游手好闲，名声不好，当兵那三年还不断地有媒人上门提亲，但他一回村，连媒人的影子也见不着了。他虽然不是一人吃饱全家不饿，但年纪已过而立，这辈子娶上媳妇的希望基本上成了泡影。但转运根本不当回事儿，该吃吃该喝喝，该要劣时一点儿也不收敛。他通常是嬉皮笑脸的，好逗孩子们玩儿，但要是惹恼他了就会六亲不认，才不管谁大谁小呢，所以孩子们有点喜欢他又有点怕他。

他当时站在村口上，肩膀上站着一只喜鹊。那只喜鹊是他从它浑身光屁股没长一根羽毛时养起的，跟他熟得很，叫干啥干啥。转运手里拿着一只花蹦蹦（就是长着鲜艳的粉红翅膀的臭椿蝻），掐去了翅膀暴露着肥嘟嘟的胖身体。他朝半空一丢，肩膀上的喜鹊奋不顾身，猛地飞起，精确地用嘴叼住了在抛物线下落阶段的花蹦蹦。喜鹊嘴里衔着那虫子旋了半圈又落在了转运的肩膀上，脖子一伸这才吞下去。转运笑眯眯地朝喜鹊伸出一个指头，让它亲切地空啄一下，眼睛却看着围着他的孩子们。

此刻谷米就站在他面前，瞪大眼睛看着那只喜鹊，还有转运。他们都被喜鹊的表演惊呆了。还有这么听话的喜鹊？听都没听说过。有人问转运："是在哪儿掏的喜鹊，是在东头你家附近那棵大桑树上吗？"喜鹊根本不喜欢在桑树上垒窝，所以转运没有理睬那个问话的孩子。

谷米却问了另一个问题（重问了一遍）："转运叔，你去北塘钓那条大黄鳝了吗？"伸手不打笑面人，转运对于按辈分称他为叔的谷米还是很有礼貌的："什么大和尚？北塘？钓——"他似乎有点犹豫该不该说这事儿，但最后还是话锋一转说了："当然去了，还有我钓不到的黄鳝？"

根据转运答话的口气，谷米确定转运对北塘的黄鳝并不熟悉，起码对他自己亲手磨死的大蛇知之甚少。谷米不再问他，只是走近去逗弄喜鹊。转运已经透支了他的嬉皮笑脸，开始翻脸不认人，眼瞪得像铜铃大吼一声，唾沫星子喷老远："你想让它啄死你啊！离远点！"

至于雪生手里的黄鳝钩是否与转运有关也是个问号，那是用一根大号缝衣针捏的钩，工艺并不复杂，不需要特种兵的什么特种手艺，只要把针在油灯灯头上烧红，然后用剪子的剪口卡着一弯也就成了。最好淬淬火，趁着烫红未退朝水盆里一扔，吱地一响一冒烟，就通体变得钢硬无比。别说钓起一条黄鳝，就是钓起一头猪也不至于坠直弯钩。自行车的辐条也不是太难找，把一截细尼龙绳从针鼻里穿过，再拴在辐条末端捏出的圆圈上，也就大功告成。再说雪生与转运非亲非故，一个住村东头，一个住村中央，八竿子打不着，犯不着因为一只黄鳝钩牵连一块儿。

那个暑假的末梢雪生确实热衷于钓黄鳝，而且需要一个支持者或者倾听者，而谷米是最佳人选。雪生与谷米门第隔得不是太远，两个人没有红过脸，好像关系一直不远也不近。谷米有点崇拜雪生，雪生天不怕地不怕的，是那种能对着皇帝老儿挥拳头的孩子——这一点让谷米甚是钦佩，两个人理所应当就成了好伙伴。雪生还得为他的兴趣找到一个可依傍的后盾人物，而转运自然是不二人选。

谷米和雪生交好，还因为上学期的一场无妄之灾。谷米性格温和，胆小，和伙伴发生纠纷最多是斗斗嘴，几乎没有过肢体冲突。他动手动脚的能力太差，当看见其他孩子打架互相揪扯对方的头发时，他替他们心疼，心里一直牵着扯着。但你不动手并不能保证人家不会对你动手。那天谷米放学时正轮到他值日，要打扫教室的卫生，他打扫完卫生一个人朝家走时就碰上了没事找事的人。

那个大个头的学生叫军旗，是本大队白衣店村人。军旗和谷米一个年级但不在一个班，他们五年级有两个班：五一班和五二班。没人知道军旗为啥放学后不回家，仍优哉游哉地在路上晃悠。和他一样晃悠的还有同村的两三个学生，平时都是军旗的跟屁虫。军旗仗着个头大，拳头硬实，说话很冲，三句话说不顺就要上手。要是隔一天不打架他的手就痒痒，打架是他的嗜好。和他形影不离的那几个人也沾染了戾气，沾染了军旗气，总是无事生非。他们几个也许是钻在护路沟里打扑克，也许是嘀咕偷偷摸摸的勾当。反正当他们嘻嘻哈哈地跳上护路沟要往前走时，一眼看见了急急慌慌朝另一个方向几乎在小跑的谷米。谷米得赶紧回家，整个学校大院里已经没有人影，而回家的路上也空空荡荡了。

军旗看着前头如找草的兔子一般一蹶一蹶走动的谷米说："这个小不点儿，我们揍他一顿怎样？我的手有点痒痒！"他的提议得到了喽啰们的叫好，他们一致拥护首领的战争决定。于是军旗直冲冲地撞向前去。他也在小跑，但比谷米快多了。他没有背书包，他的书包已经扔给手下的跟班们拿着。他们眼珠骨碌碌转着，互相鼓劲，看军旗将如何利落地收拾谷米，因为他们知道那是谷米——一个不敢打架的孩子。

对付这样的孩子是他们的拿手戏，他们时不时要拿一个孩子"开开刀"，只有这样才能"长治久安"，才能让同龄的其他孩子谈虎色变，老老实实败在他们手下。他们等待着捷报。他们还想看看这一场恶战会不会还要带点颜色，染上点鲜艳的血迹。不知为什么，他们对红艳的血充满好感，鲜血似乎总是带来喜讯。

军旗就像一头蛮不讲理的野猪，或者熊瞎子，或者饿狼。他横冲直撞，身子一歪把急慌走路的谷米撞了个趔趄。谷米朝外趔趄几步，差一点摔倒。他吓了一跳，弄不清是怎么一回事儿。当他回头看见是军旗时，他马上清楚遇见了什么。他怒火冲天，血在血管里呼呼乱响，鸟群一般盘旋直上，在头顶那儿聚结，越聚越多。

谷米的眼睛圆睁。群鸟的翅尖划破空气发出尖利的嘶叫。他的心脏咕咚咕咚在胸腔里乱撞，他有点约束不住自己，有点要爆炸溅散的劲头。但那张圆咕隆咚的脸在狞笑，等待着他的反击，只要他冲上前去，那粗壮的身体就会如三头牛拉的石磙一般朝他压来，他实在是太弱小太瘦了，他很明白那戆实的骨骼撑起的一堆肉能轻易压得他喘不上来一口气。

鸟群冲天而起然后再度旋回，再度浓缩进他小小的颅腔，他的头一下子大了。他眼一闭牙一咬猛冲上去，但他扑了个空，军旗毫发无损，而且只是那么一闪身子，根本就没当回事儿。接着军旗的腿灵巧一伸，谷米的身体向前倾去，因为遇到了阻挡而踬倒，他整个脸朝下，嘴里一下子拥进了伺机荡扬的尘土。但他迅速从地上爬起来，也听见不远处的叫好声，军旗的喽啰们开始喝彩。谷米这次没有再冒失地闭着眼伸着头朝前撞。他一伸手搂住了军旗外罩的前襟，死死抓住不放。军旗穿的是一件新衣裳，是他娘千叮嘱万叮咛不能弄破也不能弄脏的，但现在被谷米死死抓住了，要是军旗再狠狠捶他，他更是不松手。谷米是一条狗，癞皮狗，哇呜一口咬着人死活不丢。军旗担心着他的碧绿色的新衣裳，他手上的劲头开始变弱，但这绝不是他饶过谷米的理由，要是谷米还是死抓着不丢，那他就顾不了这件新衣裳了，他首先要狠狠地收拾掉这个竟然敢向他发难的又瘦又小的小老鼠！

军旗嘴一咧，一甩身子，差一点甩脱了谷米，但他甩不脱的，谷米用尽全力攥着，军旗都听到了撕裂声，他替他的新衣裳心疼，但他更替他的面子心疼。他不能认输，尤其是那几个平日对他唯唯诺诺的爪牙都在盯着他呢，要是他认输了，以后还怎么在他们面前抬起头来？

军旗嘿地大吼一声，就要发力，就要真正动手收拾谷米了。但这时他遇到了新的情况，一个家伙正朝这儿飞奔，那不是他的心腹，而是和谷米一个村的雪生。谁也不知道雪生从哪儿冒出来的，他好像是从天上掉下来的，他根本不把斜挎在胸前的书包当回事儿，他已经取下了书包，一边飞奔一边把略显沉重的书包抡圈儿，他要攒足劲儿把盛满力气的书包当作武器投向军旗。雪生没有军旗个头大，论力气和军旗不是一个量级，但是雪生那不要命的狠劲，总是让军旗倒吸冷气。军旗明白这可是棋逢对手，

016

别看雪生个头不起眼，但绝对是一架小钢炮，惹恼了他就是地堡也能给你轰平。谷米的小爪子限制了军旗躲避雪生投掷的书包，他觉得后背上闷闷地一响，这可是吃了大亏。他的呼吸被那只棱角尖锐的书包砸断，他的身体一瞬间松懈下来，不再对抗谷米的仍在用力的双手。

"你个乖乖！我叫你欺负人！"雪生一边大骂一边不依不饶，再次拽回书包，再次甩动蓄力，马上就要命中要害，这时军旗口气软了下来。他抬起一只胳膊遮挡，脸上竟浮起浅笑："我没惹你啊，你找我的事儿干吗？"他求饶地看着雪生。雪生手里的书包没有马上朝军旗投掷，但他并没有放松警惕，他大声质问："谷米惹你了吗？"有一两点白色的唾沫星子黏附在他发白的嘴唇上，雪生处在盛怒之中。但战争基本宣告结束，谷米也松手了，军旗没有再赔笑脸也没再发火而是瞅个空子跳开身子，他远远地离开这两个人，悻悻地大踏步前行。那几个喽啰没有过来帮忙的意思。军旗无端地怒火中烧，他歪别着头像是喝醉了，朝白衣店的方向走，他甚至没有再多看他们一眼，像是他们根本不存在一样……

此次事件之后谷米和雪生就越走越近，上学放学你叫着我我等着你，一个成了另一个的尾巴。在硝烟升起的时刻，他们更是拧成一股绳，坚定地站在一条战壕里。但雪生不比谷米可以游手好闲，家里的事情从来不需要过问。雪生在家里已是半根顶梁柱，永远有忙不完的事情。对于雪生来说，上学是他最清闲的时候，一放学就要下地割猪草，进家还要烧火做饭。在雪生四岁时，他有了一个小弟弟，但正是这个小弟弟葬送了他娘的性命。雪生娘死于产褥热。雪生四岁时就已经在尽心尽力养好一头母羊，那头羊是他小弟弟的粮仓。那头羊最听雪生的话，每次挤奶的时候都要雪生搂着它的头，轻轻拍着，它才肯让肚子下饱涨的粉红色乳房一股一股滋出雪白的奶汁。雪生的弟弟叫羊生，是羊给了他活命。这头母羊后来不能再生小羊羔，也没被卖掉，直到有一天它不吃也不喝慢慢羸死。雪生爹亲手在院角落挖了一口墓坑埋葬了母羊，而且按着羊生跪下给老羊磕了三个响头。

　　暑假的最后几天，雪生天天来找谷米一起去钓黄鳝。雪生从来不进谷米家的院门，他只是站在路旁屋角处等谷米。他们头天已经约好一早起来会合，谷米就是再好睡懒觉，但只要叽叽喳喳的麻雀一在院子里的大椿树上叫个不停，他就知道虽然太阳还没出来，但雪生已经在屋角等他了。谷米上学可以迟到，但和雪生约会不会迟到。他们要去钓黄鳝，要到那处东大坑的坑嘴处，那里有一个黄鳝洞，雪生已经发现好几天了。雪生可以肯定那里有条老黄鳝，因他有一天黄昏时分守在坑堰上发现那条黄鳝出洞了。

"头有小葫芦那么大，慢慢地冒出来，就像有人从地底下撅起了光屁股，接着出溜一下就没影了！"黄鳝像一道黄色的闪电消失在深深的坑水中，这更吊起了两个孩子的胃口。要是没看见这条黄鳝，他们还不会这样上心，天天一大早就跑到那处黑幽幽的洞口守候。

那是条老谋深算的黄鳝，也可能就是一条黄鳝精，因为一般年轻的黄鳝谁把窝打在那儿啊。那里充满危险，坑坡里长有一大片刺莓，到了春天能开出一大片黄艳黄艳的碎花朵，那些密密麻麻的眼睛大小的花闪射醉心的艳黄，像是有一群穿花衣裳的人有蹲有卧。尽管那一堆明黄的火焰一般的花朵天天燃烧，让孩子们隔岸观火，但没有一个孩子试着去那儿摘朵花，每个孩子都清楚那花覆盖着怎样一个巨大的秘密。

那处坑坡的主人是水缸，坑堰上就是他家耸起的院墙。水缸个头低，到了冬天会穿一双底子很厚的补了又补的破旧军用大头靴招摇过市，而且总是夸夸其谈。他站在饭场里讲自己碰见了一条大蛇，讲得人们都忘记了吃饭，一边听他胡咧咧一边朝那处坑堰看。雪生和谷米都不喜欢这个水缸，他有灰指甲，手上起了一块一块的皮癣，那些疥癣天气一冷就变成一块一块斑白剥落，弄得手背像烧瘤的砖块，像树心生虫蚀出凝结的成堆虫屎，看着就让人恶心。也许这是他总是看见蛇的原因——物以类聚，人以群分。水缸到了夏天，会一锹一锹刨起坑底的泥土覆在坡上，加大陡度，让人畜望而却步。真的没有谁去那处坑嘴的，孩子们一看那丛绿油油覆盖着无限神秘的刺莓丛，就有点胆怯，估计连猪啦狗啦也不轻易朝那儿挪一步。

水缸后来再也不覆刺莓丛那儿的坡土了。他今年春上正在那儿覆土，一抬头看见了大蛇。"我的个乖乖，有两扁担长，比大腿还粗！"他瞪大眼睛，不敢稍动，怕惊动了大蛇朝他猛扑过来一屈挛身子缠死他。他听说过有人被蛇缠死的事儿，所以尽管吓得要死，但站在近水的坡里没挪一步，他就像一截枯树桩。估计大蛇没有发现他，因为它正在仰着头看天，脖子像一根宫殿里的彩绘柱梁竖得笔直，在明丽的阳光下它的红舌头颤出一团虚影，还流着涎水。那涎水星子也许溅了水缸一脸，也许没有溅那么远。反正水缸后来才发现它是在瞅一只飞翔的黄蜂，那只黄蜂也不是瓢茬，围着蛇头盘旋。黄蜂以为那是一堆花丛，是它采蜜或者玩耍的好去处，所以嗡嗡嗡嗡流连不行。

　　接着就有好戏看了，筛糠般的水缸看见大蛇猛地一跃一口吞了黄蜂。那是只大黄蜂，肚子赛过一只鸡蛋，吃着确实可嘴。但大蛇没想到黄蜂在它嗓子里抗争，虽然没有再飞，可它的牙齿和毒针没有闲着，咬啮得大蛇满地打滚。水缸明白大蛇正在大战黄蜂，根本没有把他当回事儿，也没有顾上他。大蛇有点看不上水缸，他浑身疥癣的酸腐气息，吃着会有点呛喉咙，肯定味道不好。水缸找到了逃命的机会，马上绕过刺莓丛小心翼翼弯着身子蹭走。

他甚至没拿他的铁锹。那铁锹锹头吃进土里，锹把还颤悠悠站在近水的坡里。

水缸退到坑堰上时看见大蛇弓起弓落曲里拐弯的身体呼呼啴啴摔响，连刺莓上长满的尖刺也不管了，跳起来，落下去，落下去，再跳起来，就像有人用一盘彩绫在打夯。接着它的某一截白生生的肚皮那儿就出了事儿，破了一个洞口，那只黄蜂嘤的一声蕴着劲儿飞走，囫囵囵囵的毫发无损。而那蛇仍在发脾气，猛一屈挛猛一屈挛，半里地外都能嗅到冰凉冰凉的腥气……大蛇又钻进了刺莓丛里，不知道后来它怎样了。

但那个黄鳝洞就打在刺莓丛旁边，也不知雪生是如何发现的。黄鳝和那条大蛇的关系谁也说不清，你不能保证你钓上来的就是一条黄鳝，就算你钓上来一条黄鳝，你也不知道半道上它会不会变成一条蛇。雪生胆子大，但在这件事儿上他还是有点心虚，尤其是钓黄鳝的最佳时机是清晨，那时太阳还没出来，一切都雾蒙蒙的，啥事都可能发生。至于到底会发生什么事儿，雪生不知道，谷米也不知道，这些不知道就更吸引他们去想知道。他们天天麻着胆子去那处刺莓丛旁的黄鳝洞一探究竟，雪生说水缸讲的大蛇吃黄蜂那事儿一定是骗人的，是不想让他们踩颓他家的坑堰。谷米也说一定是骗人的，可一走到那丛刺莓旁马上浑身冒出鸡皮疙瘩，像是刮起了一阵酥麻的冷风。

　　大坑的对面有几只鸭子在欢快地大叫，它们醒得比人早，一定是看见了什么异象才那样大惊小怪。雪生从墨水瓶子里倒出一条发青发紫的手指头粗的臭曲蟮，他说黄鳝喜欢这样的曲蟮而不喜欢粉红色的香曲蟮。曲蟮的臭味在静寂中荡漾散开。鸭子扯着喉咙大叫，争先恐后从水里跳上坡，笨拙地一踮一踮扭动，不时灵巧地震颤尾巴抖落水珠。

　　东边的天空明亮起来，那边高高的大椿树后头像是烧起了一堆火，但火势还没有蓬勃。雪生拉着谷米的一只胳膊一点一点地滑下坡去。坡度很陡，只要稍有不慎就会跌落水中。雪生艰难地屈起一条腿并斜伸另一条腿固定平衡身体，他已经松开了谷米的手。谷米忘了刺莓丛的危险蹲下身来，看雪生将钓钩悄悄伸进那个碗口大小的黑幽幽的洞里（没有黄鳝的空洞水就不再清幽）。那个洞就藏在水下头，不仔细找根本看不出来。雪生抖动着钓钩。臭曲蟮的味道在水中弥散，那条黄鳝可能有点耐不住了。洞口黑幽幽的水猛地爆出细纹，雪生有条不紊，仍在抖索钓钩。

谷米伸着头问："吃钩了吗?"雪生的心都在黄鳝洞里，根本听不见他在说什么。突然刺莓丛那儿呼啦大响一下，谷米噌地跳起来，他知道大蛇开始行动了。天亮了，它要出来找食儿吃了。谷米不是黄蜂，要是一口吞了他，他可钻不透那带着鳞甲的瘆人的肚皮。谷米一下蹿向更高更远处。雪生身子猛一抖擞差点滑落水中，旋即更紧地贴在坡上。他紧张地注视着刺莓丛，等着大蛇冲来。他的钓钩仍然紧密连接在胳膊末端悬等在黄鳝洞那儿，又有一股水顶起来。老黄鳝与大蛇遥相呼应蠢蠢欲动。但大蛇停了下来，刺莓丛晃动着的枝叶再度归于平静。它可能伸出锥子一般的长舌，嗖嗖颤动着嗅探动静。那红艳尖锐的蛇芯子从绿叶丛中捅出，像风中拂舞的赤色绫绸。谷米的声音在打摆子："是一只老鼠——跑了。"谷米的心怦怦跳个不停，但看见老鼠他就不害怕了，他知道老鼠是蛇的美味早餐，要是老鼠活蹦乱跳的，就不需要担心那条子虚乌有的大蛇了。谷米麻着胆子又蹲回原位。雪生临危不惧没有屈回伸着的胳膊，钓钩顽固地伺伏洞口。鸭子们已经践远，在另一处坑角嘎嘎叫喊。

谷米的二叔从对面的坑堰走过，一眼瞭见了他们。二叔勤谨，天天起得早。他挎着一只大条筐，也许是去田里割猪草，也许是去打秫叶。二叔喊："谷米，小心点儿，那儿水深！"二叔担心谷米他们会不小心落水："去别处玩儿去吧！"谷米说："好，好，我们马上走！"谷米不敢使大声，怕惊了老黄鳝。二叔最疼谷米，平素有啥好吃的都给谷米留着，下地逮了串蚂蚱烧了也要叫谷米尝尝解馋。好在二叔急急慌慌要下地，没有太多工夫赶他离开。

雪生用耳语招呼谷米："待会儿黄鳝吃钩我往上提拽的时候，你就要拉着我一条胳膊，记住，使劲往上拉，不能松手！"雪生操心着黄鳝洞，跟谷米说话却没有看谷米。坑坡实在是太陡，施展不开身手，只能这样仄歪着平衡身体，像是一只攀爬的蛤蟆。英雄无用武之地，上钩的黄鳝要是与他拔河，他只有求助于谷米。

雪生的两条腿叉巴着贴附在坑坡里真像一只壁虎，不过壁虎是面朝里雪生是面朝外。雪生仰着头用耳语声说话，叮嘱谷米听他的号令，紧要关头一定要死拽他一条胳膊不松手。坑坡就像竖起来的门扇，水缸这货，锹底下可没少下功夫。那只看稀罕的黄鹭待在对岸的大柳树上，仍在不住地问："你们在干啥啊干啥啊？为啥不说话，为啥不说话，说话啊说话啊……"黄鹭鸟很漂亮，说话也好听，谷米有点烦但并不想赶它走。大黄鳝虎视眈眈，它就在雪生的脚底下，谷米的手有点哆嗦，现在他想纠集一切平时熟悉的事物来为自己壮胆。雪生的耳朵支棱着，浑身只有手在动。他的手在悄悄抖动钓钩，他要让那条臭烘烘的青曲蟮来回移动，像是真的还活着到处乱爬，让老黄鳝心里痒痒想一口吞掉它。

老黄鳝真是老奸巨猾，它一点儿也不急，它藏在黑幽幽的洞口深处警惕地盯视着美味佳肴。到处都是陷阱，它警告自己要小心谨慎，要心无旁骛。它已经很老了，再没有什么物件能够诳给得了它。它怀疑这条嘴头上的曲蟮有诈，但无论如何它还是一条黄鳝，经不起阵阵漾起的醇美味道的诱惑，它一次次尝试伸出头来用钝滑的嘴唇拱一拱那曲蟮,它要证实那确是一条曲蟮而非天敌的诱饵,是可以放心当作一顿丰盛早餐享用的。它沾有泥痕的头颅从洞口悄悄升起冒出水面,像是嫩笋破土。弧形颅顶崭露的面积渐次扩展,像核潜艇浮出波峰浪谷。但接着它倏地一下消逝,像是从来也没出现过,仅留下一道烟形混浊曳动于浅水。

但待了一刻它又出现了,鼓出头颅再次触碰那美味佳肴,可它还是没有一口吞掉,它克制着身体里蓄积的欲望。馋涎像火焰一般朝外冒,它有点把持不住自己了。在又一次探出头来的一瞬间,它哇呜一口,毫不客气地一下子把青曲蟮吸进喉咙——雪生感到手上猛一沉重,他一激灵差点滑落水中,但他用左肘磕住了坑坡,赤裸的右脚踩进了水里,他的五趾死死地抠住一块黄胶泥,身子停止了滑动,而手上仍在拔河。

"谷米,谷米!"他大叫起来,谷米眼前一红头轰地一响,像是捣了马蜂窝蜂群四起,但他没有退却,他知道老黄鳝上钩了,他浑身紧张得哆嗦,扎出屙屎的架势,拽住了雪生的一条胳膊制止了坠落。老黄鳝胖大的头颅被拽出洞外已经完全露出了水面，雪生翕动着鼻翼喘息急促而夸张，看见了老黄鳝的萝卜大头他更是兴奋，他叫："我哩个——"他没有说出他的口头禅"乖乖"两个字，而是吭哧吭哧地往手上憋劲儿。那是条黄鳝吗？怎么劲儿这么大？他觉得不大对劲儿。它不会是那条大蛇吧？是不是大蛇浑身涂抹了泥汁于是成了黄鳝的模样？……有一刻雪生想松开手，他害怕他所杜撰的故事真的会发生。他有这个经验，他胡思乱想的事情有时竟然就变成了真事儿，令曾经冒出这个念头的他总是大吃一惊。如今会不会重蹈覆辙，这条黄鳝真的就是水缸所说的那条吃黄蜂的大蛇？

他手上拽提的力气稍减，那条大黄鳝有了可乘之机，马上缩回去了半指，差一点就又收进了水面下。只要它一进水里，他可能就再也擒不住它了，雪生的钓钩会失去作用。雪生一下子没有了害怕，害怕就像秋天凉风里的蚊虫全跑光了。他咧着嘴用力，谷米在上头更卖力地死拽。但老黄鳝也不再心存侥幸，它明白这一次可是遭遇了对手，它不一定能挣脱这钩穿了嘴唇，让它饱受疼痛折磨的、坚硬的、从来没有碰到过的钩子了。它想拧动身子加劲，无奈这个念头被铁钩子破解，嘴唇上的提拔力量雄壮起来，而它因为硕长身体的蠕动而失去了与滑腻的洞壁的密切嵌合，它的身体被迫移出，一点一点移出。老黄鳝的胖头在升高，差不多都离开水面半尺高了，按说这时候雪生应该腾出一只手，用拇指与食指中指拤住老黄鳝的脖颈，让它别做回巢的梦。但雪生不敢，害怕还藏在他的身子里他的手上。他再次加劲儿上提——我哩个乖乖！哧溜一下——老黄鳝光溜溜的圆硕的身子已经暴露在光天化日之下，有三四尺那么长，在半空里屈屈挛挛想缠住它的对手，但它碰不上对手一根毫毛。

它开始狂怒，甚至要向嘴上的钓钩发火，让后半个身体变成一个弹簧圈住钓钩，也圈住拿钓钩的小手。雪生已经看见烁动的滑腻的带有麻点的金黄，知道不是那条大蛇。

他尽管身子仍在轻微筛糠，但已经不害怕那钝钝的有点发褐的尾巴触碰他的手腕了。谷米一寸一寸拉着他渐次升高爬过陡峭的坑坡，就在老黄鳝将可怕的身体就要缠住雪生的手脖时，雪生已经整个站在岸上了。

雪生顺势将钓钩和黄鳝朝水缸家的院墙墙根儿扔去，那儿离坑堰还有几尺宽的安全距离，老黄鳝无论如何作法要想远征回到水里绝非易事。应和着老黄鳝在地上狂怒而灵动的暴跳，黄澄澄的阳光从东边柳树梢头斜射过来，一道道上头细下头粗的光栅直伦伦棚着，像是仙境。水面上有雾气在升腾，像是一垄垄庄稼。那些雾气不紧不慢地拂动，盯视着两个少年，看他们如何处置老黄鳝。

　　有一刻老黄鳝不想反抗了，一动不动，像一条裤腰带蜷在墙根儿。它老谋深算，明白再怎样暴跳如雷也是白搭，除弄一身尘土草芥外无济于事。它浑身沾满土粒和碎草，灰头土脸，没有了一丝水中的威风。它仍然在伺机蹿进水中，它不会束手就擒。它在反思自己的鲁莽，后悔不该对那条青曲蟮充满兴致，如果知道被钩着嘴唇狼狈地这样请到岸上，无论如何它要禁食要摒绝一切美味的诱引……但一切皆晚，雪生已经找到了一截细麻绳（这种苎麻的皮丝拧成的麻绳并不稀罕，总能在衣兜里找见），而且无视老黄鳝的反抗，拦胸系住了它并绾了个死结。雪生没有勒紧麻绳，他要让它好好地活着，等着给它放血。黄鳝血喷到报纸上晒干，可以愈合各种创伤。

此时正值中伏，暑气最盛，大清早也是溽热难忍，一动就是一身汗。谷米的白背心全湿透了。雪生只穿了一条黑粗布裤衩，光脊梁上汗下如溪。雪生抹拉了一把头脸，拭去淌进眼里的发涩的汗水。远远近近的蝉已经开叫，高一阵低一阵，比阳光还稠密。

雪生灵机一动，脖子上的头像侦察雷达一样转动，马上发现了墙头上斜伸出的高粱秸。

水缸正在编织秫秸箔，将那些高粱秸一根根刷得光光净净的斜倚在院墙上。伏天一过就要收秋，芝麻绿豆的接二连三要晾晒，家家户户都要织几领秫秸箔。但有一根光光溜溜站着等待选妃的箔材注定加入不了秫秸箔后宫的序列了。雪生移步上前只轻轻一跳，吱吱啦啦，他已经将那根高粱秸从院子里抽到手里。雪生脑袋里仙点子最多，他要和谷米抬着这条老黄鳝游街。本来他们可以掂着它回家，这条黄鳝有两斤重，掂久了会手脖发酸，但他们可以轮换着掂，不至于要用一根长秫秸颤颤悠悠抬着它。

谷米觉得这才是招惹老黄鳝愤怒的原因，而不是因为雪生杀了它。村子里杀黄鳝的人有的是，但那些将一腔热血洒在破报纸上给人们治疗创伤的黄鳝没听说要报仇的。但雪生却要让这条黄鳝游街，在这个盛夏的早晨招摇过市，这不能不让老黄鳝怒火中烧。

水缸家的那处坑坡离雪生家不远，也就隔了几户人家，拐过一个胡同角，他们一路上也没碰上什么人。能打能跳的人都趁清早凉快下田干活了，留在家里的妇女老人也大都在灶屋里做饭，没谁这个时刻在村街上闲逛。屋顶上炊烟袅袅，风箱呱嗒呱嗒有节奏的爆响此起彼伏，饭香弥漫在胡同里。

雪生走在前头，他将高粱秸搁放在肩膀上不用手扶，这给后头的谷米增加了无限心事，又要操心防止并不沉重的高粱秸滑落，又要操心屈挛扭动的老黄鳝。老黄鳝一直在挣扎反抗，有一次甚至撅起后半截身体缠住高粱秸打了个八字环……但一切终归是徒劳，一物降一物，一根高粱秸和一根麻绳足以致它命。它的本事只能在大坑里伸展，一旦上岸离了水它只能任人宰割。

嘘水村是靠粮食活命，水族食物几乎可以忽略不计。

他们只在逢年过节偶尔与鱼打个照面，能够吃到鱼的人也是有数的，而他们并不认为除鱼之外的水族能当作食物充饥。尤其是这黄鳝，有着蛇的体形，怎么可以进嘴呢！没人会吃黄鳝，黄鳝唯一的用途是涂血纸：将黄鳝血洒在报纸上晒干，谁的手碰伤了就寻一溜贴上，伤口不会发炎而且愈合快。雪生只听说过剁掉黄鳝头涂晒黄鳝血，但他并没有亲手做过。他找来一张旧报纸，那些年报纸倒是不缺，公社邮电所的邮递员骑着深绿色自行车来村里主要是送报纸，送信是少数。每次开会家家户户都能发上几张报纸，于是报纸大部分充当了包装纸，一部分则当成了擦屁股纸（此前常用品是大小适中的土坷垃），没人去关注那上面印的是啥。当然，黄鳝一腔热血洒报纸也是用项之一。

雪生光着脊梁，黑粗布裤衩只起到遮着作用，像是远古的野人。他没有穿鞋，手里举着一把寒光闪射的菜刀。雪生对谷米说："你捏着黄鳝头，我来剁。"谷米试了几次，但无论怎样壮胆也没敢捏住那只蠕动的滑腻头颅。

雪生家的大黑狗不断地瞧稀罕，长嘴贴着地，鼻孔咻咻地出气，荡起一小缕土尘。它想打黄鳝的主意。它想尝鲜。"滚！"雪生踢了它一脚，大黑狗悻悻地跳开，但并不死心。大黑狗有点委屈，其实它并不想吃掉黄鳝，再说也不是它的食物，它估计也吃不了它。但它只是想嗅一嗅，或者伸出舌头舔舔。仅这样就遭到严厉的惩罚，它有点不服气。大黑狗站在稍远一点的大门口吠叫，好似朝外说："都来看啊，都来看啊，看他们，要干啥！"接着它又对着雪生和谷米发火："看把你们能的，我就不信，你们能放出血来！"

有一只魁梧的赤红大公鸡和两只白母鸡也都脖子一梗一梗围上来，要趁机啄一口，但找不到下嘴的空当。雪生让谷米按平地上的报纸，别让鸡踏蹬。雪生的额头上沁满汗珠，他当仁不让用左手掐住了黄鳝的脖颈按在地上，接着右手手起刀落，咔哧剁掉了黄鳝头。谷米不敢看，只是用手按平报纸。那只孤独的黄鳝头在地上跳腾，竟然一蹦半尺高，谷米赶紧趔开身子，怕它蹦到身上。

雪生龇牙咧嘴地捏着黄鳝的断脖子，他想象的血流如注的景象没有出现，只是断茬上渗淌一堆凝血，他得将凝

034

血按在报纸上涂抹摊匀。他捏着黄鳝的断脖颈在报纸上按擦,凝血仍在流淌积聚。黄鳝血像糨糊一般黏稠,报纸上的黑红扩展。

黄鳝的身子已经缠紧雪生的胳膊,缠了三圈、四圈,尖尾巴颤动着,探听肘窝的动静。雪生被缠了胳膊,还是有点怯劲。他也不敢细看,身子在轻轻哆嗦。但在谷米面前他是英雄,不能临阵怯战,他咬牙也要坚持住。但他实在是太害怕了,尤其是黄鳝缠住他的胳膊,他觉得那滑腻沁入骨髓,世界被滑腻淹没,一切都滑得令人心惊胆战,也让人腻歪恶心。

苍蝇们闻讯赶来,嗡嗡嗡嗡,趴满血纸。竟然还有绿头苍蝇,映着阳光绿莹莹的,两只红眼睛一歪一歪左审右瞅。谷米伸出胳膊呼扇,赶走了一拨又来一拨,而且越聚越多。雪生顾不上这些凑热闹的苍蝇,他在一只红瓦盆里洗手。他想赶紧洗去手上的血,这些滑腻的血像毛毛虫在心里爬动,让他刺挠难忍。黄鳝身子在地上一屈挛一屈挛,但不久就软塌塌不动了。黄鳝头仍在蹦跳,落地时发出轻微的啪啪声。谷米趔着身子躲避。

谷米问："它怎么还跳啊？"雪生没有答话，他仍在颤抖中。大公鸡急慌慌跑向前来，盯着蹦跳的黄鳝头，它一定以为这是一只大蚂蚱。它严阵以待，瞅准时机一伸脖子啄住了黄鳝头，叼起血淋淋的俘获物紧走几步但又松了嘴，它发现不对劲儿，这不是蚂蚱或者蛾子，而是它不认识的但也不可口的一种东西。它有点失望，松开嘴让它落地，仍然盯着，但不再兴致盎然。

那只个头略大的白母鸡一定是正宫娘娘，夫君尝过鲜，此时它也要走上前去品品滋味。大公鸡白了它一眼，它不管不顾噌地叼起了黄鳝头。大公鸡一边护着小白母鸡一边吼道："雒雒，不是个东西！"小白鸡应该是它的心尖子。小白鸡不与大白鸡争风吃醋，它只是享受大公鸡的爱护。

大白鸡不愿意了，一甩脖子扔掉黄鳝头，怒目圆睁叫道："咯嗒咯嗒咯咯嗒，你说谁呢？谁不是东西！"

大公鸡忙不迭赔不是："雒雒，当然不是说你，是说它呢！"它再次看向地上的黄鳝头，装模作样又要动喙。黄鳝头已经明显力气不支，又跳了起来，只是越跳越低，终于一派萎靡。但它仍然活着，仍在搐动，两只盲眼好像突然睁开，要仰望细察这世界上的一切。

转运当兵的地方吃黄鳝，而且把黄鳝当成美味。转运曾向雪生面授机宜，说是只要把黄鳝剁成鳝段，撒盐腌上，见火就熟，无论如何烹饪都鲜美可口，吃一回记一辈子。雪生想尝试。雪生对一切新奇之物都想一试身手。他不顾上下牙齿的擅自撞击，再次拎起菜刀，他要把黄鳝剁成一截一截洗净盐渍。现在失去了头颅的黄鳝在地上只是偶尔一屈挛，像是要寻找失物。大黑狗瞪视着它，没有衔它的打算。雪生就在地上挥刀，没有将黄鳝拿到灶屋的案板上，也没有剖开黄鳝的肚子挖出内脏。他的手劲很大，刀刃都剁进了土里，剁开的鳝段粘着泥土轻轻跳荡。雪生将鳝段一截一截收进瓦盆里，喊谷米握持压水井的把柄，从地底下召唤出哗哗啦啦的清水冲洗。

父亲和姐姐都下田未归，羊生也不知跑哪疯玩儿了，家里没人干涉，听任雪生耍巴。小院里长着几棵泡桐树，树荫花花搭搭遮不严太阳，只有压水井旁边站着一棵大腿粗的槐树，枝叶茂密，黑荫匝地。洗干净的鳝段在红瓦盆里纷纷颠跳，像是安了弹簧。谷米好奇，问雪生黄鳝剁成了一截一截怎么还这么乱跳这么闹腾。他们见过猪肉羊肉，也见过剥皮的青蛙，但都很安静，红鲜鲜的搁那儿连动也不动一下。难道这黄鳝不会死？剁成一截截还能再自己连接成一体？雪生茫然地盯着跳动的肉段，同样弄不懂答案。

他们见识黄鳝实在是太少了，摸不准它们的脾性，除了知道黄鳝血能治疗创伤，其他算是一无所知。他们也不知道黄鳝肉究竟是啥滋味。雪生说撒盐一腌它就不动了。于是他们一起走进灶屋，在猛然降临的黑暗里摸到盐罐抓了一把，等他们在屋肚里渐渐能看清东西了，雪生在案板上用擀面杖咯噔咯噔擀碎那些粗大的青盐疙瘩，然后小心翼翼将盐末撒在红瓦盆里。万万没有想到的是，那些鳝段见了盐跳得更欢，大概以为这些盐能够将它们再度带入水中，于是它们开始欢呼雀跃。我的天！它们越跳越高，有两个像是比赛一蹿跳出了瓦盆，在案板上开辟了宽阔的新天地，一蹦老高一蹦老高。案板上沾满了红艳的血痕。

雪生看见蹦跳的肉段，浑身起了鸡皮疙瘩汗毛全竖了起来，他真想跑出灶屋逃开，再也不想碰这些麻烦连连的黄鳝了。但它们在案板上跳舞，打得案板叭叭直响，像是雷雨夹带冰雹。谷米只想趟远点，他本来可以从门口蹿出去，但灶屋门太窄又挨着案板，他担心没走出门口就会被一截鳝段发现，它会猛跳起来打他脸上钻进领口里。他不敢贸然行事，赶忙缩到水缸旁边的角落里静听那悚然的跳荡。雪生的腿在筛糠，但他沉着冷静，灵巧地从锅台那儿端过一只高粱莛子纳制的盛馍的筐子。他将馍筐翻转扣在案板上，盖住那些活泼的鳝段。雪生伸手抓住了最初跳开的鳝段，像捉小鸡一样从筐缝里塞它回群。雪生弯腰站在案板前两手死死按住筐底，防止鳝段们齐心协力猛地蹿起顶开馍筐。透过薄薄的莛子他能感受到下头的顶撞力量，就像是铁锤敲击。它们也许会撞开筐底，撞碎莛子蹿出米。

雪生喊谷米拿来两块砖压上，但谷米上气不接下气找不到砖头。"到院子里去找！"雪生命令他。谷米一闪身钻出灶屋，心里猛一透亮轻松，想着终于算是逃开那黑沉沉像是被绳捆索绑一般的灶屋了。他在院角落里找到了两块砖，马上吭哧吭哧搬起来送给灶屋里的雪生。他真不想再走进灶屋一步，不想再听那些鳝段啪啪嗒嗒的敲击，但是雪生两手仍按紧筐底腾不出手来，得谷米亲手把砖块压在筐底上。他们终于摆置好了馍筐和筐子里热闹的一切，但血糊淋剌一派狼藉，不知道下面还会发生什么事儿，他们又该如何应对。

待会儿雪生姐姐就会下地归家，她要提前回来做饭。姐姐看见灶屋弄成这个乱腾景象肯定会大发雷霆。为了息事宁人，雪生有了扔掉这些捣蛋的黄鳝的打算。那张报纸已经在阳光下变得黑红，已经接近干透，上头爬动的苍蝇也没剩几只了。不管咋说，他们忙乎了一大清早，也没算白干，落了这张黄鳝血纸，接下来的秋天和冬天谁要是受伤，就能送个顺手人情了。但这切成肉段还在敲打的黄鳝，让雪生心焦瞀乱。他总觉得不对劲儿，又说不上来为什么。他不想摊上麻烦事儿，不如送走它们吧。这时大黑狗又出现了，从敞开的院门那儿龇着牙慢吞吞踱回来。它衔着块什么，走到跟前才松开嘴——原来还是那个鳝头。大黑狗衔着它兜了一圈，对它毫无办法，于是又衔着跑回家来。

雪生找了块塑料薄膜，一股脑把馍筐盖着的鳝段都收了进去，连带那只咬啄得豁豁牙牙的鳝头。鳝段们也许是跳累了休息，反正不再像先前那样张狂，只是一咧嘴一咧嘴，像是在抽噎，这儿一搐那儿一紧，也让人心惊肉跳。他们用薄膜兜着返回水缸家的坑嘴，要送四分五裂的黄鳝回家。此时阳光更热烈了，汗水恣意横流，蝉们高一声低一声地大喊，像是在笑话两人。薄膜兜着的鳝段们歇过来疲乏又开始跳踉，左拱右突，比一群蛤蟆更猖狂。雪生攥紧袋口，但又担心它们会顶破薄膜。他们加疾脚步，要赶紧送这不省心的黄鳝回家。

第二章

　　那个早晨的血腥景象让谷米不快，他不愿再想那些跳舞的鳝段，也不想再提钓黄鳝这档子事情。他有意无意在回避黄鳝。暑假就要结束了，他天天数着日子，把每一天都当成假期的最后一天过，他要珍惜每一天。他有太多的计划没有实现，比如要找生产队看场的哑巴用秫秸莛子编一只蝈蝈笼，他要到豆田里逮一笼蝈蝈，喂它们冬瓜皮和红辣椒，那样就能成天成夜听见蝈蝈弹琴。他喜欢蝈蝈的歌唱，清脆又响亮。他喜欢一切明亮的事物，而老黄鳝却那么阴险，黄鳝血和肉又那么血腥。谷米甚至有好几天不再找雪生玩耍，本来他应该与雪生结伴去田里逮蝈蝈的，但一想雪生就牵涉到老黄鳝，牵涉到鳝段跳舞，牵涉到那张脏污的血纸……他有点作呕。

　　他要排除掉一切不愉快的事物。他还要赶一趟集，到镇上的铁业社去找一个亲戚要一段铁丝捏弹弓，麦收前亲戚来家时答应过他的。秋天就要来了，冬天就要来了，树叶会越落越稀，他的弹弓要派上用场了，不时可以对站在树枝上的麻雀发动攻击。谷米上一年竟然射伤了一只斑鸠，那只中弹的斑鸠飞得很低，差不多就贴着地面，但最后还是飞落在一株楝树高处。谷米嫌自己的手劲太小，弹弓的力量也太小，不足以打落斑鸠。斑鸠个头实在是太大了些，一粒小砂姜对它构不成致命创伤，它受了伤竟然可以照常飞翔。再做弹弓的话谷米要用强劲的汽车里胎，那些剪刀铰出来的橡胶条能够绷满力量，别说斑鸠，估计老鹰也不一定吃得消。总之谷米的事情太多，雪生不来找他，他也就没去找雪生。他想着雪生又在忙着干家里的各种活计，他爹揽下的生产队挣工分的各种活计都要雪生和他姐帮着做。

谷米没想到雪生是病了。开学的前一天，谷米握着一根竹竿在村口那片树林里粘知了。他将竿头破开，用一根细树枝撑起胀大，然后在蜘蛛网上转几圈，三角形的竿梢就展起一张稠密的网。谷米悄悄地伸网靠近知了，他知道知了惊动后会朝哪个方向飞，他只要轻轻一盖，知了就只有在网中哀鸣的份儿了。不大一会儿谷米就逮了好几只知了。他满头大汗，汗水渍得他眼睛发疼。他正想歇歇的时候，就听见有人在叫他："谷米，谷米，你过来啊！……"谷米发花的眼睛看见一辆架子车停在树林边的树荫下，好像是羊生扶着车把。他马上朝那儿飞奔。

车厢里只铺着一领四角打了补丁的窄苇席，雪生褂子裤子穿戴整齐地躺在上头。秋风已起，到了下午太阳翻边沁凉丛生。看谷米来了，雪生强忍痛苦咧着嘴坐起来。谷米有点吃惊："你怎么……这样?"前些日子他们还活蹦乱跳地钓黄鳝，现在怎么变成这样？雪生说他病了，肚子疼。羊生说他拉着他哥去瞧病了，找他舅姥爷，还开了好几服中药。车把上挂着一只瘪瘪的布书包，羊生指着书包说药都在那里头。

雪生病好几天了，腹疼难耐，拉肚子。好汉顶不住三泡稀屎，而雪生天天在拉，现在拉出来的都是稀水。雪生愁眉苦脸捂着肚子。他说可能是吃坏肚子了，但也没想起吃了啥坏东西。谷米瞪大眼睛看着有点不认识的脱相的雪生，看见他眼窝深陷，眼睛仍然明熠熠的，但深深地凹进眼眶里。他的脸苍白，没一丝血色，像冬天里的白菜叶。他虚弱无力，似乎都没有坐正的劲儿，似乎坐起来都很费事。

谷米让他躺下说话，问他发烧没有。雪生不发烧，就是拉肚子，肚子疼。关键是他不能吃饭，吃啥拉啥。谷米听奶奶说过煮马齿苋汤能治疗腹痛腹泻，问雪生试过没有。羊生说早试过了，开始疼时就熬了马齿苋，天天喝也没见啥效。"都是骗人的！"羊生噘着嘴说。羊生说尝过那汤汁。"难喝死了，"羊生说，"我要是肚子疼，打死我也不会喝一口！"雪生说："那是你没有真疼，你要是像我这样疼，你也得照样抱着碗喝。一真疼你就不嫌苦了。"

雪生一说肚子疼谷米也觉得肚子有点疼了，丝丝缕缕地疼痛。谷米能明白雪生说的疼痛，好像他也那样深疼过。谷米肚子里生蛔虫，吃过"山道年"宝塔糖，拉出过死蛔虫。也许现在肚子里仍有蛔虫作乱，没有孩子不生蛔虫的，说是蛔虫能帮助消化，要是不生蛔虫人是活不了的。村子里有各种不知真假的说法，比如说每个人夏天都要被蛇爬过身体，不然你是过不去夏天的，你会被热毒热死，而蛇则是祛除热毒的。一想有蛇从身体上缓缓爬过谷米就吓得要死，不过据说都是你睡着后蛇才爬你，你是不知道的。人不知道的事情实在是太多，就像这村子里各种传说。

谷米说："你别担心，可能是蛔虫，吃几疙瘩宝塔糖就好了。"谷米也知道不可能单单是蛔虫，宝塔糖能治了的病不是病。雪生已经吃过宝塔糖，但吃了几回照疼不误。雪生有点发愁他这病，要是好不了该怎么办啊？谷米想安慰雪生，说只要一开学他的病就会好。开了学就又要过另一种新生活，所有疾病都怕变动的。只要一换天地，水土不服就好了。谷米弄不清啥叫水土不服，雪生都没离开过村子，哪儿会有水土不服？羊生说不是水土不服。

雪生说话已经响亮不起来，他用蝇子嗡嗡般的弱声向谷米讨要知了。谷米马上将葡萄糖注射液药盒（四方形深盒，大队卫生所的副产品）里的知了拿出一只给他，而且也给了羊生一只。知了张开胸前的两瓣鸣翅，发出吱吱的不满意的号鸣，想飞但不可能飞走。雪生说："我待两天好了我们一起粘知了，我教你用一根马尾（读 yǐ）捏成圆圈去套。"谷米知道马尾捏圈套知了的办法，但难度太大，成功率不高。谷米其实是试过的。但谷米不打断雪生的教诲，他得谦让生病的人。谷米说："你赶紧好吧，我们还要上学呢。"

谷米并不喜欢上学，但假期长了他还是有点向往学校，尤其是开学那天上午，一群学生麇集，争先恐后各自絮叨假期里碰上的新鲜事情。他们一个个讲得眉飞色舞。谷米已经想好，要把和雪生一起钓黄鳝事件讲给大家听，当然，他也要讲讲转运，讲讲北塘里子虚乌有的大蛇。上学看上去是一片花野，绚烂多彩，但那花野之后就是无尽的烂泥地。一过了开学那几日的新鲜，接下去就是漫无边际的无聊。

谷米讨厌上学,总想有一天他会出走,去很远的地方流浪。就是讨饭他也心甘情愿。他不想上学,不想天天坐在昏暗的学屋里。当时一个特殊历史时期刚过,学校不再像从前那样一多半时间要搞勤工俭学,要去田野里劳动,而是天天要上课。推荐制的大学招生制度被扔进了历史垃圾堆,上高中也得考试,也得凭真才实学了。学校开始成为学校,不再像以前那样割草喂羊捡砖碴天天没事找事地瞎折腾。

开学后雪生的病仍不见轻,在学校里没有雪生作伴,谷米怅然若失。但谷米不想去看雪生,只要一走近雪生家的土院他就忍不住恶心,就头一下子涨大幻影重重。他做了一个梦:他去雪生家找雪生,他蹚蹀在院门口正在发怵,一截鳝段一跳一蹦出来迎接他。鸡皮疙瘩像一阵酥风吹过他半个身子,他想逃跑但两只脚像是灌了铅一步也挪不动,眼睁睁看着那截鳝段跳近,眼看就要跳到他跟前跳到他脸上,这时雪生捂着肚子出来大喊:"谷米快跑!撒开它!"

谷米掉头就跑,他怕鳝段跟他到家里,他不敢往家跑而是跑往村子外，跑向田野。他以为早已撇掉了那个一蹦一跳的令人生厌的血淋淋的鳝段，但只要他停下脚步，马上就听到扑扑嗒嗒的跳跟声。他一扭头看见鳝段就在一丈开外，眼看又要撵上他。

而雪生则殿在后头。雪生说，别停，一直跑一直跑！雪生肚子疼跑不快，只能殿在后头，连像乒乓球一样跳荡的鳝段他都撵不上了。

谷米上气不接下气，他气喘吁吁地跑到了村口。他使尽最后的力气奔跑，他要甩开鳝段。谷米平时在伙伴中跑得麻溜是出了名的，他在收麦时节追过一蹿老远的兔子。他当然追不上，但也能跟上趟，有一回猛扑上去竟然抓住了野兔的一条腿。但那只野兔雄健凶狠，是兔中英豪，它一扭身子哇呜一口咬了谷米的手。兔子不是肉食动物，它只是咬得手背升腾起尖锐的疼痛但没有出血，谷米的手松了，那只野兔趁机逃脱。有一只黄狗接力谷米去追，但终究也没有追上。麦野是野兔的乐园，它最熟悉内里乾坤，一条家狗根本不是它的对手。谷米蹿过村口，跑到了通往小学校的那条东西土路上，两旁的玉米林密不透风。

谷米要藏进玉米林里，让鳝段找不见他。谷米一跃迈过护路沟，一低头钻进了玉米地。玉米叶像一只只手臂横在面前，玉米秆有青有紫直棱棱竖着，突然，他发现那些玉米并不是玉米，而是一截一截鳝段，它们包围了他。它们在狞笑，像是听到了统一的号令一起跳踉。它们边跳边笑，嘤嘤声震耳欲聋。有一截或者是泛亮的玉米叶或者是鳝段啪嗒打在了他的脸上，他一阵恶心。他在恶心中难受醒了。

开学的时候玉米棒子还是缨珞飘拂，不久棒子鼓胀，像喂养婴孩的饱满乳房。顶穗慢慢丧失水分萎靡干枯。大豆的叶片也开始枯黄，豆荚由绿转褐，后来就在风中开始摇铃，发出哗啦啦的轻响。不知不觉间过去了快一个月，一个月里谷米没有去雪生家，他实在不想去，一想那座院子他就毛骨悚然，就沉入那个噩梦里。羊生刚读三年级，雪生的消息全部源于羊生。有一回在豆地里谷米捡了一大把"香不留"（洋姑娘），他细心地装在一只黄连素小药碱注射液药盒里，让羊生带给雪生。谷米有点想雪生。雪生的病仍不见好转，每隔三五天羊生要拉着雪生去他舅姥爷那儿看病，带回一包一包的中药。小土院里弥漫着浓重的药味。

羊生没吃过一口娘的奶，是喝羊奶长大，但他一点儿也不瘦小，反而虎头虎脑壮壮实实的。他一年只有两身衣裳，脱掉夏天的单衣换上冬天的棉袄棉裤，他到了很冷的初冬还穿着夏天的那身粗布单衣，他缩着膀子在清晨或傍晚的冷风里瑟瑟抖索。他不能早早换上棉衣，那样太阳一出来他就又热得难受。谁看了都以为他会伤风发烧，但羊生没有进过一回大队卫生所，不但身上没有挨过注射针，甚至不知道药片是啥子滋味，到底苦不苦。他一顿饭能吃半盆烀红薯，吃面条呼啦呼啦能一气儿喝三五碗。他像一头猪一样能吃，因而身上蕴满力气。他比哥哥小四岁，但个头并不比哥哥低，要是并排走一起，外人真的分不清谁是哥哥谁是弟弟。

羊生自小是哥哥抱大，他算是趴在雪生的背上长大，所以他与哥哥特别要好，哥哥要他干啥他就干啥。在这个世界上，只有雪生能够指使羊生，连爹让他干啥他都要梗一梗脖子瞪上两眼，但只要雪生鼻子或喉咙里哼一声他就马上警惕，格外当回事儿。他知道哥哥是真疼他，他也疼哥哥，事事都替哥哥着想。雪生生病羊生最难过，想方设法拉他去治疗。爹和姐姐天天忙里忙外，顾不了那么多，也没空拉着雪生到处瞧病。他们只当是拉肚子，夏秋时节谁还不拉几场肚子，待几天也就好了。他们没有太当回事儿，但一病拉扯了一个多月，雪生爹有点害怕了。也许不只是拉肚子，是不是肚子里脏腑生了啥大毛病？他心里没有个底儿。他一直让小儿子拉着雪生去找那位当郎中的舅姥爷，看起来这舅姥爷手段欠高明，拖治了一个月还没见分晓，雪生还天天捂着肚子拉稀，瘦得一阵风就能刮倒。

　　雪生爹打算瞅个干活的空当到大医院瞧瞧，他认为的大医院就是集街上的镇卫生院，他们有了拿不掉的棘手毛病最后都要去大医院求治，而头疼脑热的小病随便到大队卫生所寻几粒药片凑合就完了。雪生这病不大不小，所以就去了那个舅姥爷诊所。而另一个更重要的原因是，因为血缘之亲，可以在那儿赊账。先吃药后结账，这能给雪生爹喘气的时间。他只有秋后田里的收成家养的活口才能换钱，他期望秋后结账。

羊生对这个舅姥爷有点不相信，他觉得他在耽搁哥哥的病情。因此他与爹吵了几回，闹着要赶紧去大医院拿药。爹的意思是再治治看，他赶紧忙完手头这一茬活计，腾出手来他就去镇上的卫生院。羊生拉着哥哥可以轻车熟路地去找四里地外的舅姥爷，但到镇卫生院他没有去过，他有点怯劲，他年龄太小还对付不了大世面。

羊生天不怕地不怕的，一个人是能对付任何事的，但与哥哥的病有关，他就不能肆意妄为。要是依他的性格，他早就拉起架子车拉着雪生去镇卫生院了。羊生刚读三年级，去年暑假后才到大队学校读书。他的学习成绩欠佳，他不爱读书，一看见书一做作业头一下子涨大。他说自己压根儿就不是读书的料。本来他也参加了升学考试，以为是不能读三年级的，要在二年级坐一级。小学生读一年级二年级都是在嘘水村，学屋经常换，今天在牲口院的草料房，明天又搬到谁家的磨坊了，空闲房屋都能当教室。要是让他坐级打死他也不会再读书，他已经想好辍学。但那一年升级却是一锅端，不问你考试得好不好，是不是得了个大零蛋，只要你参加了考试就能去大队学校读三年级。

这样羊生就去了他并不喜欢的大队学校，天天可以和哥哥以及哥哥的伙伴谷米为伍。

　　但他上学注定一波三折，刚入学不久就遭到了班主任处罚，因为迟到让他站到讲台上一节课。他觉得太丢人了，得治治这个班主任。有一天下午临上课羊生才进教室，他带来了一样惊悚之物——一条死蛇！尽管是死蛇，但花色斑斓，他从口袋里掏出来时小板凳噼里啪啦一阵乱响，前排的学生蜂拥跳开。羊生不慌也不忙，告诉大家这是死的，不要怕。但说是这样说，学生们惊魂未定，仍然不敢轻易坐回座位。羊生站在讲台上他被罚站的地方，将讲课桌上的粉笔盒倒空。他把粉笔抓在手里，放到下头的桌斗里，然后拎着那条比大拇指还粗的花蛇放在粉笔盒里，又小心地合上盖子。他有条不紊地做这件事情，好像没有在众目睽睽之下，好像是待在旷野里。

　　羊生回到了座位上，像平时一样坐正，这时班主任马老师也阔步走进教室。马老师长着一张四方脸，脸上起满酒糟疙瘩，双眼皮的大眼睛一瞪让学生们心里发怵。没有人吱声，跳开座位的人赶紧走回去。每个学生都把心提到嗓子眼，等着好戏开幕。马老师粗壮的声音在讲台上炸响，他豪气干云，虎视眈眈地扫视教室。他并没有在羊生身上停顿目光，他此时还不太注意羊生特殊的禀赋。

他恶声恶气训斥了一席话，接着就要在黑板上写字。他的手伸向粉笔盒，所有孩子的目光都聚集在他的手上，只有他一个人的目光没在手上。他习惯性地拨开盒盖，伸进去拇指和食指想捏起一支粉笔，但他捏起的不是粉笔，而是一条蛇！他把死蛇捏出了盒外一段，侧头一看马上面色发白，发出啊呀一声尖叫，接着就跳了起来。他跑下讲台时跌了一跤但没有摔倒而是一个趔趄蹿出教室门。他撞出门外有好远才大口喘着气，蹲下来不住地甩手回头，心有余悸地警惕地观望……马老师被吓坏了，他最怕蛇。他差一点虚脱，大汗淋漓，脸白得像纸，酒糟疙瘩像白纸上涂抹的墨渍。靠近讲台的前排学生早已跑光，都集聚在教室后头，有学生从教室后门跑出来，蹀到他面前，但也帮不上什么忙。马老师不能在他的学生面前出丑，他强压住一阵想吐的冲动站起来，头晕晕乎乎像是喝醉了酒。他不知那条蛇跑了没有，为什么蛇会钻到粉笔盒子里？他一时有点糊涂，弄不清发生了什么事。有一刻他还怕吓着了学生，教室里进蛇毕竟也是他这个班主任的责任。但学生们都没事，有几个来到了他的跟前。有一个学生说是羊生放的蛇，是死蛇。他惊魂甫定，壮气悄悄再度升起。他的胆量渐渐充胀，也渐渐清晰了眼前的事实。不是教室里进了蛇，是有人放蛇在粉笔盒里吓他，让他出丑。那是死蛇，但他太害怕蛇了啊！

　　他壮着胆子从后门走进教室，他怒气冲冲叫羊生："羊生！"他恶狠狠地叫，不知道该说啥才好。后来他缓和了语气，让羊生赶紧把蛇拿走。羊生有点不情愿，既然老师口气和蔼了，那他就了结这事吧。羊生走到讲台上，捏起死蛇。他故意把蛇拎起老高，让那细长的身子垂直，好像随时要甩给谁。凳子又是叮叮当当一阵乱响，有学生躲站到课桌上头，马老师缩在后门口不敢稍动。羊生举着死蛇问扔在哪儿啊，门口行不行。马老师说："快快扔到外头的田地里去！不要扔在校园里。"马老师说话有点结巴，声音有点变调。羊生听话地举着蛇朝外走，几个胆子肥的男生远远地跟着他。

羊生的脑袋不小，长了个葫芦头，但这个葫芦里结的籽实在是太稀少了。他想着他扔掉蛇也就完事了，马老师说话已经多云转晴。他没想到这个浓眉大眼满脸酒糟疙瘩的马老师如何恼羞成怒，仇恨在他的胸膛横冲直撞。他要报仇，尽管他的仇人只是个一脸懵懂的小屁孩儿。这个小屁孩儿拿捏住了他的命门，让他怕蛇的胆怯形象公之于众。他一边害怕得要死，一边又害羞得要死。他觉得以后没法在一班学生面前抬起头来。他丢了大丑，而这个让他丢丑的人竟然是一个满不在乎的小屁孩儿。他不可能放过他，也不可能不教训他。

　　羊生理直气壮回到教室坐回到座位上，学生们仍然觉得他与蛇有关联，都有点想远远躲开他。马老师的脸黑着。"羊生站起来！"他严厉地说。羊生犹豫了一下还是磨磨蹭蹭站了起来，他弄不清自己又犯了什么错。他总是在不知道的情形下犯错。教室里鸦雀无声，每个人都屏声静气等着看戏。"站前面来！"马老师吼道。羊生这一次不再迟疑，大踏步走到前头迈上讲台。马老师心有余悸退后一步。"站住！"他叫道，"站住！——翻起你的兜！"羊生不知道翻兜干什么，但他老老实实照办。他所有的衣兜都翻了出来，兜肚像鱼鳔鼓在衣服外面。他的衣兜里空空如也，再没有蛇啦蛤蟆啊之流，马老师这才放心。马老师突然上前伸手扭住了羊生的耳朵，他的手劲极大，他想扭断耳朵上的筋骨，想扭掉那耳朵。疼痛袭击羊生，但他没有叫，只是吸溜着嘴，眼也歪斜着，实在是太疼了，他疼得掉了几眼泪，但并没有哭。

　　马老师一下手他就知道是朝死里拧的，不是轻来小去的惩罚。但他忍着，他这一刻才明白死蛇事件并没有了结，或者说是这才开始。这个马老师真是太阴险了！他在强威下侧棱着头瞪着马老师，但他瞪不到他，因为他的耳朵被那只强大的手固定，疼痛仍在像闪电一般击溃他。他再次咧嘴吸气，但疼痛丝毫没有减轻反而尖锐起来，像是耳朵那儿被捣进了一块生铁，而那生铁竟然在翻搅。他疼得说不出话来，只是一口接一口吸冷气。"我叫你能！叫你能！还能不能！"马老师也有点口歪眼斜，他咬着牙，眼睛一会儿瞪大一会儿眯小，身体在轻轻哆嗦。他在复仇。

羊生的耳垂被提溜好长，真想不到人的耳朵伸展性竟如此大，弹性如此之好。但终于拽力超过了弹性限度，耳根那儿出现了小小的渗血裂缝。但羊生仍没有哭。突然羊生大嚷："你再拧，我弄条活的塞你脖颈里！"羊生也是急中生智，他是被疼痛逼得无处可去才冒出这句话来，他也不知道这句话是轻是重。但这句话却起了作用，疼痛在减轻。骤然挫去锋芒的疼痛让羊生信心倍增，他大叫："你以为我不敢！你以为我不敢！"他的话音未落，充满力量的手指松懈，就像一条缠紧的蛇莫名其妙放缓了纠缠一样，马老师竟然松开了手。马老师被羊生的话再度吓倒，这次粉笔盒里的死蛇已经让他魂飞魄散，要是来条活的绕上脖颈，他可能会被吓破肝胆。他实在是太害怕这斑斓的瘆人的长虫了。他也知道这个小屁孩儿能够说到做到。为了他自己的未来，他不得不饶了这个惹是生非、人小鬼大、让他恨得牙根发痒的男孩儿。

此后羊生就获得了空前的权利和自由，全班只有他一个可以不请假就缺课，马老师不再批评他，但也不敢得罪他。他就这样想走就走想来就来，而且可以不交作业。按说那次粉笔盒放蛇事件是要在全校学生大会上挨批斗的，所有孩子都知道羊生要在会上被揪出来，站到会场前亮相。但开全校大会的时候校长并没有提及此事，羊生安然无恙。宰相肚里能撑船，马老师确实宽宏大量，他不屑于和一个小屁孩儿过多计较。这更让羊生的特权升级，他几乎是为所欲为，连班长见了他也要礼让三分。但羊生心眼儿良善，从来不扰乱课堂秩序，也不随便和谁打架斗殴欺侮别人，这样他就更被同学敬重。羊生是班里唯一一个学习成绩趴末而广受尊崇的人。

谷米想念雪生，挂念着雪生的病情，但他畏惧鳝段跳舞的雪生家，甚至离那处小土院老远他就头晕眼花心里发堵，他总感到自己要大吐一场，翻江倒海。谷米纠结茫然，这时雪生的信使羊生出现了，羊生对谷米说他哥哥想见他，让他星期六下午去他家。

那时周末不是两天而是一天半，周六下午才不上课的。秋收已经开始，芝麻率先倒地并被扎成一捆一捆晒在打谷场里，到了正午能听见晒炸的芝麻葫咔咔叭叭纷纷崩裂。咔嚓咔嚓的掰玉米棒子的声音响彻田野已成过去，一身轻松的玉米秸本想逍遥几天，没料到镢头接踵而来，它们被施以剐刑，砍倒的玉米秸已经有一半搬运回村堆垛起来。大豆田已经被犁铧翻起，一挂一挂牛犁慢腾腾地一刻不停地周而复始行走在田野上。人们要趁着好天气赶紧把果实收进粮仓，把田地腾空，用犁耙播种麦子，麦子才是明年的希望。种麦是村子里的头等大事，不趁着墒情耩上麦子来年的收成就成了泡影。种麦要抢时间，必须在公历10月10日之前下地，否则挫低亩产。好在秋天下雨并不多，不像麦收时节那样动不动来场雨水，收不及麦子就会霉在田里。老天爷将此事安排得妥当，秋种给足了人们时间，可以从容地不慌不忙地劳动，不担心到时节活儿干不完。

　　村子里的人们大都下地干活了，静悄悄的，谷米在这个下午蹑手蹑脚地走向雪生家。他步履沉重，走走停停，只是隔了几户人家的距离他竟然走了好一阵。要是搁平时，他一蹦三跳出口气回口气的工夫已经站到了那座小土院旁。但此刻谷米的腿像灌了铅，他走快不了。他看见了那处泡桐树掩抑的院落，那股打鼻子的腥味扑面而来，他被熏得扭过头去。那腥味像是来自阴曹地府，带着一种黏滞的潮湿又锋利的气息，像一场地震轰然莅临，比凛冽的鱼腥更浓重，有点不满月婴儿的脐屎味道，但又不完全是。谷米皱紧眉头眯缝眼睛并用手捂住了口鼻。他像在大风中顶风而行。他站住了，咳嗽着清清嗓子。

羊生听见了他的咳嗽声走出院门："谷米，谷米，快来，俺哥正说你呢!"那条黑狗扑悠着尾巴跟在羊生后头，它昂起头来盯着谷米看了一会儿，对好些天不见他的面感到不解，但最终它也没埋怨什么，只是低下头去朝地面咻咻地喷气。透过没有门板的院门口，可以看见大公鸡稳重地伸着脖子歪着头步行，头顶的赤色冠缨朝一旁耷拉着。它也在端详外头的来者是谁。

雪生裿子裤子穿得周吴郑王的躺在一张软床上，身上盖着一张黑粗布单子。雪生白天就躺在院子里的泡桐荫下，到了夜里才搬床睡到偏屋里。他这一病不当紧，羊生也不再睡在外头，搁往年这时候，弟兄俩从来不睡在家里，搬张软床随便找个地方就是一夜，最常去的地方是村口那条土路旁，那是生产队里所有男人的露天寝场。可现在羊生也要傍雪生而睡，要伺候哥哥起夜。雪生夜里也常常被疼痛折磨醒，总也睡不好，要起夜好几回，一趟趟往茅厕跑。他觉得五脏六腑都要化成水拉出来了，他觉得自己活不成了。

谷米没想到雪生瘦成这个样子，眼窝深深地陷进坑里，两腮也凹着，好像那里头没有长牙。他的面色更加苍白，一动额头上布满细汗。但他的眼睛仍然熠熠闪光，像他没得病时一样亮堂。谷米站到雪生面前，他想哭，撇了几撇嘴，泪水无声地溢出眼眶。雪生背过头也吭哧吭哧哭了。谷米不知道说什么话好，只是一看雪生病羸模样就心里难过，就不由自主地哭了。

羊生愤愤地说："就怨那个老妖怪，不是他俺哥这病早该好了！天打五雷劈的老妖怪！"羊生说的是他那个舅姥爷，他不相信他瞎吹，但羊生爹相信他，说他年轻时害胃痛，只找了这个舅舅一回，号号脉抓服药，药到病除，没再跑二趟。羊生爹从来不怪罪别人，何况这个舅舅可以赊账，不拿现钱照样能拿到药，一拃没有四指近，沾点亲带点故就是不一样。雪生也不认同爹的话，他对这个舅姥爷也是满肚子意见。他吃了他不知多少服中药，苦得舌头都伸不出来，可全都罔效，肚子照疼不误，自来水般的拉稀也没有减轻。雪生和羊生满肚子不满，但说不动他爹。地里的活也是真忙，麦子不埯到土里说啥都是白搭，他爹不可能拉着他去大医院看病的。种麦的事情重于一切，他这个拉肚子的毛病又算得了什么。

但雪生觉得他快要死了，他可能撑不到种完麦了。在深夜，他看见白色的死神飘然降临，有时像一间屋子那么庞大，有时看上去身体比一座院子还要宽阔。他越来越害怕。他已经没有力气自己坐起来，得羊生帮着他扶着他，才能倚着一床叠好的被子坐好。泡桐叶筛下斑斑点点的阳光，没有灼热，倒是有点冰凉。小风一抽得掖掖衣襟。夏天早已走了，秋天是真来了。但学校今年没有说放秋忙假，按说往年这个时候是要放半月秋忙假的。谷米说，是啥这么腥啊？是不是豂鱼了啊？雪生很警惕，马上瞪大眼盯着谷米问，你也闻见腥味了？我咋闻不见啊？羊生说，我也闻不见，闻久了就闻不见了，你待在香油坊里就闻不见香了，啥气息都是这样。

谷米坐在床帮上，挨近雪生。羊生也坐在床的另一头，一条腿跷到另一条腿上，满不在乎。大公鸡伸着脖子听他们说什么，小白母鸡一路小跑走上前来向它示好，而且紧走几步但并没有走开。大公鸡说，雏雏雏，现在是时候吗？小白母鸡说，可以呀可以呀，谁规定时间啦！于是大公鸡二话没说扑棱一声跳上了小白母鸡的背，小白母鸡双翼伸垂像是受了重伤发出几声哀唤。大公鸡叼着小白母鸡的脖子雄起起朝前挺了几挺，迅速完成压蛋程序然后匆忙谢幕。雏雏雏，看啥呀看啥呀！有啥好看的！它以为三个孩子在看它，而其实没有一个人对它的把戏感兴趣。

谷米突然压低声音说："是不是黄鳝精在作怪啊？"他盯着雪生，雪生也盯着他。雪生说："我也怀疑，我剁了它，它要报仇。"谷米不敢出气："那怎么办啊？"雪生示意谷米说话小声点儿，怕黄鳝精听见。接着雪生使大声对空申辩："钓黄鳝的又不是我一个人，自古以来就有人钓，这事儿你也不能怪罪我呀！"好像黄鳝精就站在面前，正对着他狞笑。谷米有点毛骨悚然。雪生还怀疑这黄鳝不一定是黄鳝，说不定就是那条大蛇变的。这些精怪总是变来又变去。

雪生的脸一下子变小了，又窄又小，就像一根白黄瓜。偶至的阳光一照，那脸就愈显惨白。雪生枯皱着额头好一阵儿没说话，最后对羊生说："你去墙洞里把钱拿出来。"兄弟俩去年刨红薯卖给生产队的粉房，一个秋季下来也卖了一块多钱。对他们来说这是一大笔财富，他们秘不示人，那钱藏在屋子里高高的墙洞里没让任何人知道。姐姐不知道，爹也不知道。雪生说不到万不得已不动用这笔钱，羊生也保守着秘密。到了秋季生产队的红薯收获过后，总是落下一些路根红薯①，只要肯出力，排垅再刨一遍，一场下来有一箩头的收成是有保障的。兄弟俩协作刨红薯，他们一箩头扛回家，一箩头卖给牲口院里的粉房。粉房里用红薯打成粉面，等到冬天来临要做粉条。要是雪生没病，现在兄弟俩只要得闲就会在红薯田挥汗如雨。

羊生把那卷毛票交给雪生，雪生一张一张数点那些油腻灰暗的毛票，总共还剩八毛钱。雪生让谷米和羊生一起

①　周口地区方言，把蔓延到别处的红薯称为路根红薯。

去大队代销点买两刀火纸，要他们去水缸家坑嘴那儿给老黄鳝烧烧纸，祈祷一番。给它送钱，别让它再计较，要是能让他的病祛掉，他回头还要给它烧纸，送更多的纸钱。雪生不但给老黄鳝烧纸送钱，还要明天去镇上的卫生院看病。有病乱投医，他要一手抓两头，只要能治好病，磕头作揖也中。

但是无论雪生多么精明核算，他们仅有的财富是不够去镇上卫生院看病拿药的。火纸要花掉两毛钱，剩下的六毛钱无论如何不够看一场病的，又不能向爹要钱，要也没有，这些日子的药账还都欠着那位舅姥爷呢。提起舅姥爷羊生仍然愤愤不平："这个老妖怪！只有俺爹信他。大骗子！大骗子！"雪生没有弟弟那么激烈，但也对舅姥爷有诸多不满："治不了的病你不能揽，你耽误了人家的病算是怎么回事儿！你看我这病被他治毁了。"这个糟老头子！他在心里诅骂。他是赊账，羊毛出在羊身上，不过是晚拿几天钱而已，而他多算的肯定比高利贷利息还要高。

当务之急是钱，他们必须再拥有一块钱或者两块钱才能去镇卫生院。明天早饭后就说去舅姥爷那儿拿药，羊生仍像以往那样拉着雪生，谷米一起去也没谁怀疑。爹和姐忙得不可开交，才不多问这档子事呢。出了门谁都管不住他们了，他们会径直去镇上。但雪生不放心羊生，倒不是担心他没有拉架车的力气，羊生虽然才十岁，走一阵儿歇一阵儿拉着哥哥去镇上还是绰绰有余的。羊生出力可以，但进了卫生院会成为傻子，他不会跟人打交道，连问个话都不知如何开口，如何看病拿药！喊上谷米雪生心就搁回肚里了。谷米也不多嘴，但碰上事儿能分清东西，嘴边的话也能说几句。雪生叫谷米来就是要他明天一起去镇上。

凑不够钱铺排再好也是白搭，雪生和羊生开始发愁，死寂覆盖着小院。谷米说："我找二叔试试吧，我找他借两块钱。"谷米二叔去年刨红薯时刨到了一罐银圆，上头刻着袁世凯的头像，人们称银圆为"袁大头"。有人说那罐子袁大头也不一定真是谷米二叔一铁锹下去掘上来的，他哪能有恁好的运气，凭空刨出一罐袁大头，说给鬼鬼都不信。一定是上辈人窖藏，二叔审时度势看气氛缓和了，没人再究讲"变天账"什么的旧事了，就挖出来换钱。据说一块袁大头能换十块钱，那满满当当一大罐子能换多少钱你就想想吧。财不外露，二叔跟谁也没再提起过这罐子袁大头的事情，只是手头宽绰是藏不住的，隔三岔五家里就要赶集割块肉，总是叫上谷米去他家吃饭。二叔看着谷米吃肉比自己吃都香，而且总是把碗里的肉块拨给谷米。二叔和二婶看谷米比亲儿子还亲，指望着谷米能上学出息，只要谷米有需要，二叔总是连问也不问马上满足。谷米是个乖孩子，从没有无理要求，连过年的压岁钱二叔给多了谷米都不要，给两张五角的他只要一张，再还回去一张。二叔总是人前人后夸谷米懂事，话语里都是疼爱。好钢用在刀刃上，现在到了谷米最需要银子的时候，谷米决定要向二叔张嘴了。

谷米和羊生正要动身去大队代销点，雪生突然喊住了他们。雪生听说被精怪蛊惑的人脸上会滋生阴气，眼睛也会灰暗无光，他想让谷米看看他到底是不是黄鳝精在作怪。最重要的是，他听说要死的人脸上都有死气，小孩子眼真，一眼就能看得出来。

"谷米，看看我的脸。"雪生说。他已经让羊生看过好几回，羊生眼笨，看不出来。谷米歪着头端详雪生，他还没有这样专注地近距离地看过雪生呢。

雪生的脸是苍白，微微有点发黄，但并不黑青，谷米听说黑青才是鬼气。他在那两个瞳仁里看见了自己，只是很小很小的面影，而那包围瞳仁的黑眼珠向外扩散一道一道虹线，仍有微光乱冒。谷米看见瞳仁里的自己头像有点害怕，他怕老黄鳝把他也一同抓去，毕竟他也参与杀害了它。谷米的心嗵嗵跳个不停，他说："眼睛放光，一点事儿也没有，放心吧！"雪生终于有了笑容，他觉得离死亡一下子远了，活着真好。"真的?""真的。"谷米说。大黑狗仰着头听他们说话，领会了话语的意思就特别高兴，伸出舌头舔舔雪生放在床帮上的手。"看看，我说没事吧，你还不信。"大黑狗仿佛这样在说。雪生嫌狗嘴太臭，抬手打了它一下，它马上跑向院门口，朝外面汪汪吠叫两声掩饰无趣，站在那儿单等和两个人一同出发。

大队代销点在拍梁村南头，他们没有走大路，而是从田野里斜杀过去。玉米田里的棒子已经掰完，一多半玉米秸也已躺倒，清香的玉米汁的气息流溢在凉津津的空气里，让人总想深深地吸几口长气。

不唯玉米汁好闻，被犁铧翻起的湿润的土壤的气息更是浓郁芳烈，多吸几口竟有种沉醉的感觉，像喝高了酒，而且有点上头。在某处红薯田里有蝈蝈在起劲地弹琴，要不是重任在身，谷米早已循着琴声而去，那些绿蝈蝈紫蝈蝈这会儿趴在碧翠的红薯叶丛里歌唱，下一刻已经乖乖地趴附在一支高粱秸上，让谷米举着它们招摇过市。谷米逮了蝈蝈都是先用高粱秸皮将它们圈定在高粱秸上举着回家，分门别类再把它们装进高粱莛子编扎的笼子里。紫蝈蝈是越冬蝈蝈，只要喂得好，到了大雪纷飞的深冬照样弹琴歌唱，甚至有人到了第二年春天仍然用秸皮编扎的鸡蛋大的小笼子囚禁着它们揣在胸前热乎乎的口袋里让他们尽情倾诉。但谷米没有耐心，从没养活过一只越冬的蝈蝈。他幻想春节的时候能够听见蝈蝈唱歌，在鞭炮声里听蝈蝈琴响该是一种什么美好滋味啊。

走到一处红薯田里谷米顿住了脚步，因为那儿有一丛旺盛的密不透风的叶片，有至少三只蝈蝈在争相弹奏。谷米对近在咫尺的蝈蝈垂涎三尺，他知道天已落霜，红薯叶已显出枯黄干瘪，只要有一处尚在碧绿的叶丛那儿一定是蝈蝈们的集会地。它们在那儿弹奏哀歌，诉说对即将到来的死亡的恐惧，它们无限留恋翠绿的叶片，就这样赴死于心不甘。谷米精通逮蝈蝈的技巧，他知道如何行动才能不惊动蝈蝈而让它们老老实实地待在原地束手就擒。蝈蝈们得感谢雪生，要不是雪生这病这一应蝈蝈今天夜里肯定就不会再这样待在田野里逍遥受冻了。

羊生跑在谷米前头有点着急："我们赶紧去，说不定粮仓不在家下地干活了，我们还得去地里找他。"羊生忧心忡忡。粮仓是代销点的售货员，有两只铜铃大眼，成天昂首阔步，对谁都爱搭不理。他要是去田里干活了，他们去找他也不一定搭理他们。谷米不太喜欢这个粮仓，羊生说他也不喜欢他。但要买楮帛只此一家，无论喜不喜欢都得找粮仓。

大黑狗形影不离，一会儿跑前头一会儿又落在后头，它对田野里的诸般事物都有浓厚兴趣。它想撵一只蹦来蹦去的芝麻蒴大小的蟋蟀，对一只翩翩起舞的蝴蝶也兴致盎然。群起而飞的蚂蚱和蚱蜢也能缠住它的目光，同时也缠住它的四蹄。走到正在吭哧吭哧拉犁子的两头牛身旁，它也停下来昂着头观看，向牛们炫耀它的自由与奔放。它跟着犁沟小跑了许久，竟然把一只赤红的蛾蛹从土里衔了出来。它并不咬破它，而是含在嘴里飞奔到羊生面前邀功，把它吐到地上给羊生看。羊生拾起那支"钢笔"（他们称这种虫蛹叫钢笔，因为它的头上伸下弯垂的长吻看上去就像钢笔帽）看看，然后又扔开。

他们挑选没有庄稼茬的田地往前走，碰见刚犁起的犁沟就几步跃跨过去。

谷米真想赤脚在刚翻起的新土里走走，那些土粒松散潮湿粉糯，像面粉一样滑腻，像红糖一样柔沙，有点温暖又有点清凉，踩在里头有一种沉郁软和之气。谷米克制着自己不去脱鞋踏土。两个人一眨眼就走过了田野走到了通向大队代销点的平坦土路上，大黑狗装作发现了可疑目标，汪汪狂吠几声冲向前去，而其实前头没有任何障碍也没有任何危险。到了村头大黑狗不朝前走了，因为它很少出过自己的村子，对这个拍梁村并不熟悉。但有羊生和谷米在身旁，它的胆气又豪壮起来，在他们的腿上蹭了几蹭，接着又嗅着地面往前一溜小跑。它不再怕有生狗，也不再怕有生人。

他们的运气很好，代销点房屋的门黑洞洞地敞开着，粮仓竟然没有下地干活。屋子里有一股煤油、盐碱、糖和纸等诸多说不出名字的物件发散的混合气息，比黄鳝的腥气更浓稠，又咸又黏又香又臭。谷米有好一会儿啥也看不见，只听见叽里咕咚有什么乱响。他的头有点眩晕。比柜台高不了多少的粮仓的那张宽脸慢慢在杂乱的背景中出现。他掂着一杆秤在分糖，把红糖分放在黄色的粗糙马粪纸上，然后包成尖头朝上的一个个菱状体。他连扫他们一眼都没有。

谷米说，我们买纸。粮仓忙里偷闲，仍然没有抬头。"白纸没有了，只有油光纸。"他说。谷米说不要油光纸，要火纸。粮仓这时停住了称糖转过头来。"火纸？"他问，"是烧的火纸吗？"

"是，"谷米说，"我们要两刀。"

"两刀？"粮仓鼻翼一扇一扇朝外头出气，他的脸歪着，眼神里充满狐疑，"不是清明、七月十五、十月初一，半晌午不夜的，你给谁烧纸啊！"他顺嘴说出了三个鬼节，就是给亲人上坟，也不会平白无故地烧纸，这不能不引起售货员的警惕。

谷米想说是给老黄鳝烧纸禳灾，但话到嘴边又觉不妥，那还不让粮仓笑掉大牙，他一定嘎嘎嘎嘎笑得搂着肚子，上次他来买一支自来水笔听见他那样笑过，就像铁锨铲煤渣，谷米一听就感觉五内俱焚。狗咬耗子多管闲事，谷米想不出该如何回答，羊生等不及，马上说："你管给谁烧呢！"羊生挂耷着脸有点生气。

粮仓瞥了他一眼，猛地把手里的秤朝桌子上一摔，生铁秤砣熟铁秤盘哐啷哗啦声震五岳，他开始发火："我管不着，我不卖你好不好！"他梗着脖子，两只瞪圆的牛蛋大眼像是被秫秸皮葳撑着在黯淡里放光。他的动作灵活起来，脸上饱涨愤怒："小鸡巴娃儿，胎毛还没褪尽，嘴叉子没变黑，想反天了！不卖你！滚！"

羊生有点蔫巴，他真想一头冲向粮仓，撞瘪这个龟孙！但他得买火纸，他哥还在家病着，他不卖给他真是没辙。这时谷米急中生智，说："给羊。"

一听说给羊烧纸，粮仓的脸马上雨霁放晴。他知道羊生是吃羊奶长大的，以为是羊生尽孝，要给死去的老母羊烧纸祭典。"好，好，"粮仓转怒为笑，"我卖你。是要两刀吗?"

两刀火纸花了一毛五分钱，粮仓找零钱的时候又递给谷米三枚玻璃纸包着的糖果。粮仓说："这是送你们的，拿着吧。"

他们剥开彩色玻璃纸，椭圆形的糖块呈奶白色，像月亮溢散甜滋滋的柔光。谷米将糖块放在舌头上，品咂丝丝漾开的甜汁。奶白是一层外壳，包裹着的才是糖核，那才是最终的甜源，甜像瀑布一样四溅，羊生甜得直吸溜嘴。他把熔化的糖液汇成溪流吸进喉咙，让甜深入膏肓。

大黑狗一看两个人的嘴频繁动弹就有点耐不住，不知他们在吃啥好吃物，为啥不让它分享。它仰头盯着羊生嚅动的嘴馋得口水直流，尾巴急切地扑悠。羊生嗑掉一溜糖屑让黑狗品尝，但黑狗不会吃糖。羊生掰开它的嘴从牙缝里填塞进去，黑狗立即歪着头品味，嘴巴一龁一龁。

树和村子的影子长得很快，只一会儿就变得又长又浓，薄雾升起，暮色苍茫。牛犁开始辍耕，拉了一天套的牛们卸了笼嘴站在田垄上啃草歇息。土路上有装着满满腾腾玉米秸的架子车在向村里移动，打谷场里摊晒的豆秸正收拢垛起，也有人在持起一捆晒炸的芝麻秆磕出籽实……空气中飞舞着密密麻麻的螟虫，有肥胖的蛾子开始飞翔，连恋夜的屎壳郎都已起飞，难听的粗壮的营营声不时响起。蝉们的嗓子已哑，暗然无声；它们在清晨从树枝上冻落，发出吱吱的哀鸣，太阳一出来就一命归西了。秋天是死亡的季节，天帝正在收归他播撒在世间的生灵，所有的植物和动物都在分批赴死。

他们没带火柴，还得先回到家里，再说给雪生留下的那枚糖果也要尽早给他，让他也甜甜。雪生躺在软床子上默无声息正在看天看云看树叶，他的肚子仍在丝丝缕缕地疼，每到下午疼得要重一些，一阵阵的疼让他龇牙咧嘴。他咬牙挺住，他看着云彩想让自己忘掉那烧红的铁块一般灼烫的疼痛。

大公鸡歪别着头看两个人回来，也仔细看他们递给雪生糖果，可能是也想尝一尝。但有更摄人心魂的享受在等着它，它的身旁又换了一只芦花小母鸡，这只芦花鸡与它不离不弃，看上去忠贞不渝。黑狗踱到软床前，又要舐舔雪生的手，雪生一甩手将它撵走。

羊生问："在哪儿烧纸，靠近水边吗？是给老黄鳝还是大长虫烧？"雪生说："就在那片刺莓丛旁点纸，要祈愿一番，说几句话。我祸害的是老黄鳝，就敬老黄鳝吧。老黄鳝王爷，得罪您了，不要见怪！我们是真不知道，不知不为错，下次再不敢了。您要是叫俺哥的病好了，停几天还要再给您送纸钱。黄鳝王爷您高抬贵手吧！"

羊生抱着两刀火纸，谷米拿着一盒火柴，他们走过村街，朝水缸家的那处坑嘴走去。谷米总觉得不太得体，烧纸都是给去世的长辈亲人们，现在要烧给一条黄鳝，他心中不爽。他有点羞耻，怕人家笑话。他总觉得是在干一件很丢人的事情，但羊生理直气壮的，好像去赴人家的婚宴。这不是一件光彩的事情，谷米心里打着退堂鼓，有点不想去了。但一想雪生的病容，想起雪生满怀期望的闪亮眼睛和瞳仁中映照出的自己小小的面影，他又心软了。只要对雪生的病有好处，赴汤蹈火在所不辞。点几张火纸就能被除灾殃，那他不前往就有点理屈。

他们拐过坑嘴，贴着水缸家的院墙弯着腰缩着身子走过那丛刺莓。刺莓丛里好像有什么在动，发出低低的沙沙声响。也可能是老鼠，也可能就是那条大蛇，它蟠卧那儿正在侦听他们呢！谷米的心跑到喉咙里乱跳，他四处巡视，要是发现大蛇出没他就马上跑开。羊生不当回事，根本不管刺莓丛，要不是那些枝条上布满尖刺扎人，羊生早折断几蓬腾出空间了。羊生选了一处坑坡里烧纸，那儿离那处黄鳝洞近些，祈愿的话语老黄鳝能听得更清晰。黄鳝精肯定有好几条命，他们钓上来的那条命被千刀万剐了但它还有命呢，它哪能会死！它还在洞里呢！羊生不怕长虫，要是那条大蛇蹿出来，羊生说不定会攥住它颤动的红芯子致它死命。

　　此刻谷米顾不上羞耻了，他被深深的恐惧攥紧，他浑身都在筛糠。直到此时他才弄清楚不想来这儿的原因，并不是担心火光一起被人发现丢人，而是刺莓丛里传说的大蛇！蛇鳝同穴，你不能保证大蛇没住在那处鳝洞里，也或者老黄鳝真是大蛇变的。谷米越想越害怕。他的上下牙齿开始交头接耳窃窃私语，他管不住它们。羊生已经摊开火纸，刺啦划着了一根火柴。火柴瞬间爆发红光，眼看就要燃起火苗，但马上又熄灭了。谷米想那一定是大蛇吹灭的。人们说大蛇能够吸摄半里开外的人和物，让你腾空而起像驾云一般直往它的嘴里飘，而你不能自已。大蛇上了年岁有了道行，已经能使动风。它轻轻叹息一下你就点不着火了。

"你烧不成纸的。"谷米瑟瑟发抖。但羊生一意孤行，他最终将火纸点燃。火光一下子明亮起来，在暮色中照出一大堆艳红，就像有红黄的植物蹿长了起来，而且还冒出缕缕青烟。火光一起谷米就不那么害怕了，他知道所有妖魔鬼魅都害怕火，它们一看见火就会跑得远远的，连大蛇也不例外。老虎狮子也害怕火啊，听说东北大森林里野外露营只要点起一堆篝火你就安全了，那些野兽会躲避得远远的。

谷米安慰着自己，还是光想朝那丛刺莓里看。羊生嘬嘬嚅嚅在说那些话，谷米在哆嗦。就是这时候，水缸仰着的头脸从墙头上闪现。水缸大吼一声："小兔崽子，你还烧纸咒我啊！我看你往哪儿跑！"水缸从板凳上跳下来朝院门口冲去。他要抓住这俩兔崽子，在他们逃跑之前截住他们。

水缸正在踩着凳子往树杈上挂棒子。他精通晒棒子的技术，不需要剥掉玉米衣，把三四个棒子的玉米衣绾在一起挂在树上，不怕雪雨，等到收秋一毕，闲时再够下来剥籽，他年年这样晒玉米。他正站在凳子上就闻到了一股火纸味，他以为家里不小心着火了呢，朝院墙外头一看才发现火光与青烟。他弄不清是怎么一回事儿，把凳子搬到墙根再踩上去朝外张望，我的个乖乖，他竟然看见两个孩子在烧纸！他们在他家院子外烧纸诅咒他！这让他怒火爆发。他想马上把两个小鸡仔样的娃娃撂坑里淹死。他跳下板凳朝院门口冲去。但他毕竟老了，而且两手上长满疥癣脚上也开始引发行动不便。他一蹇一蹇是跑不快的，他不可能撵上两个孩子。两个孩子是水中的两条鱼，那他就是一只乌龟。等到他跳趿着跑出院门，俩孩子早已不见踪影，只有纸灰在风中闪烁火星，他气得大骂不止。

谷米和羊生欻地绕过坑角跑掉，对面是谁家的院子，羊生一蹿就爬越了墙头，谷米也跟着翻过去。那家人下地未归。他们贴着墙根站稳，想听听水缸的动静。水缸仍然在骂他们咒他，说他就是覆覆坑坡，招着谁惹着谁了，还要被烧纸诅咒！水缸骂得越来越难听，羊生有点听不下去，他捋起袖子捡起一块土坷垃，胳膊转了几圈，蕴了蕴劲儿，猛地隔墙扔出去。"狗日的！"他狠狠地低声骂，"狗日的！"谷米小声说："你别砸着人家了！"羊生没有理他，又找第二块土坷垃。刺莓丛哗啦一声大响止住了水缸骂娘，他正骂得起劲大蛇听不耐烦了在刺莓丛里蹿了几蹿，它要蹿出来，它听水缸骂人有点心烦。

水缸吓得浑身一震，一歪身子滑堕水中（由此看来他讲的大蛇应该是真的）。"我的个娘耶！"水缸大叫一声落水，他掉入自己挖的坑中半截身子浸在凉水里。谷米一把没抓住羊生手里的坷垃又扔了过去。谷米说羊生你不能这样，砸伤人了咋办啊！羊生说我是朝刺莓丛扔的，他趔得远着呢，砸不着他，便宜了这条癞皮狗！水缸仍在叫唤，有人开始围过来用手电筒照着救他。天已经全黑了，面对面也分不清人的鼻眼了。月亮还没有升起，星星从树隙间展现，像刚出苗的庄稼，明熠熠越看越多。远远近近响起风箱呱嗒呱嗒的叫嚷，空气中弥漫着炊烟和饭香。

谷米害怕摸黑，一到晚上就不敢出门。黑暗中有太多的妖魔鬼怪，他们白天蛰伏在旮旯的阴影里，而到了晚上就开始无法无天，招摇过市。黑夜是他们的世界，他们为所欲为。谷米能听见他们的声音，近在咫尺又遥不可及，他也能看见他们玩的把戏，突然爆出一团一团大大小小的金花，就像元宵节的焰火……有一回谷米从二叔家朝家跑，还看见有一垛更深的黑暗矗立在不远处，好像还在朝他挪动。谷米浑身刮起鸡皮疙瘩的风暴，酥了这边又酥了那边。每次都是二叔把他送回家，他扯着二叔的手，无论走过怎样的黑暗都不再害怕，二叔手上的温暖会撵跑各种魑魅魍魉。谷米抓紧二叔的手，更近地贴着二叔。鬼怪们纷纷躲开，他们悻悻地望着他做鬼脸，但谷米有温暖的二叔依傍，一点儿也不怵他们了。

谷米星期六总是在二叔家吃饭，星期日一天也要在二叔家吃饭。他就差晚上住在二叔家了，不然就全是二叔家的人了。他那时真想住在二叔家，二婶也不想让他走，但谷米娘没吐口。二叔二婶百事如意，却梗着一件天大的事情：他们没有孩子！二婶不能生养。没有孩子的家庭总显得凄凉，尽管他们养了猪养了羊养了一大群鸡，但缺少了孩子吵闹就像没有阳光，天天阴着天过日子。二叔疼谷米，二婶也疼谷米，他们有心要过继谷米，但谷米娘也心疼孩子，这事就一直搁置着。虽然没有明说过继给二叔，但谷米在二叔家比自己家都熟，平素也当成了自己的家。谷米是两边跑，平时吃住在自己家，到了周末或假期就吃在二叔家住在家里。之所以没有住在二叔家，也是谷米更想住在自己家，他已经有了自己的世界，他不想改变或失去这个世界。

谷米疾步小跑在村街上，他没走平素惯走的小道，一走过房屋的阴影他的害怕就深些，他真希望月亮马上出来。月亮马上就要升上东天了，黑暗似乎正在稀薄起来。但也许是风箱呱嗒呱嗒的声音震碎了黑暗，也许是灶口冲出的火光吓退了黑暗。家家户户都在做晚饭，干活的人们都从田里回村了，走着走着不时还能遇到一个人或听到架子车咕咕咚咚的叫嚷。谷米不那么害怕了。他想着如何跟二叔开口要那两块钱，他有点不知所措。他还没有向二叔撒过谎呢，但这一次看来非要撒谎不中了。雪生病倒在床上，要是他不撒谎雪生明天就去不成卫生院看病了。

谷米装着一肚子心事走进了二叔家熟悉的小院，一听到趴在圈门上的那头肥猪的咳咳两声号叫，闻到那股熏人的猪身上溢发的脑油馊味，谷米的心马上安帖了。接着他就站在灶口喷射而出的宽阔火光里，在二叔的剁猪草声中把影子拉得又胖又长，试图撵走院子里更深的黑暗。

尽管知道是谷米，二叔仍然停下了剁草并伸着头端详。"谷米?"二叔脸上漾起笑意，"快，恁婶儿给你烤了棒子。跑哪儿玩儿去了，再不回来就去找你了。"

谷米说去找雪生了。谷米跳到灶窝里烧锅。二婶子掇着烧火棍在灶膛侧厢拨拉，将烤黄的玉米棒子又翻了一面。"再等一会儿，"二婶说，"马上就焦黄了。"二婶烤的棒子最好吃。二婶手巧，每回都能让棒子浑身焦黄，没有焦黑也没有半生不熟。二婶安排谷米要有耐心："心急喝不了热乎粥，要慢慢烤。"谷米两手攥着风箱的把手轻轻拉推，让灶膛里的火焰绵延不息，压制乌烟寻隙逸起。有谷米烧火，二婶就不再操心灶口，她开始在锅台后操作。

大锅里算子上熘有白馍，还炖了一碗碎辣椒鸡蛋羹（谷米最爱吃）。二婶还要在小锅里炒萝卜菜，里头掺上刚摘的豇豆角。二婶能把饭菜拾掇得头头是道，谷米之所以总来二叔家吃饭，也是因为二叔家饭食好，平素也能吃到白面馍。而谷米家平素多吃杂面窝头，一年里吃白馍的时间少之又少。

二叔又开始剁草，草汁的气息和柴火的烟气与饭香弥漫在空气里。那头猪等得焦急，长一声短一声地哼哼，把圈门顶得啪啪直响。二婶说："谷米啊，长大了要疼你二叔，晚回来一会儿你二叔不知唠叨多少遍了！二叔说疼你我能不疼你！"谷米不吭声，他谁都疼，怎么可能不疼二婶。二婶说："疼不疼我再作一说，但一定要疼你二叔，你是你二叔的心尖子。"二叔说："雪生病轻点没？"谷米停下拉风箱的手，灶膛里烧的是玉米秸，发出噼噼啪啪争先恐后的爆裂声。"没轻。"谷米说。"他躺床上下不了地了。"谷米又说。

"可怜见的，"二婶戚然，"他爹成天忙里忙外，也顾不上他。没娘的孩子没人疼。"

谷米把几根玉米秸折断理顺填进灶膛，他缓缓地推拉风箱，让火焰均匀地生发。那头猪看没人搭理它有点恼怒，它不再大声哼唧吵闹，而是咕咚一声，像是把圈墙撞塌了，吓得筐里宿眠的小鸡唧唧喳喳群起嚷嚷。二叔赶紧跑过去看，但马上又回到了灯影里。"不是猪，是鸡筐倒了。"二婶掀开大锅盖，一团白汽欢呼着顶撞腾起，二婶稍稍朝一侧仰避，没出一声就压住了白蒸汽。她直接伸手从箅子上端出鸡蛋碗，烫得吸溜着嘴，但鸡蛋羹的香气溢散，谷米的涎水泉流了满口。

　　二婶眯着眼睛说："该换大筐了，小鸡眼见着长大，这个筐有点局促。"二叔说："马上就八月十五了，宰吃几只再卖几只，鸡筐不就宽绰了？"二叔抬起头来看谷米："谷米，八月十五让你婶给你炖小鸡，半斤重的小鸡，肉又香又嫩，骨头都脆生生的一嚼就碎。你想吃吗？"二叔笑眯眯地看着谷米，想听谷米吸溜嘴的馋声。"你知道大地主刘文彩吧，他年年只吃小鸡，过斤的小鸡连尝也不尝，多作！"说来说去，二叔还是在馋谷米，在说八月十五的小鸡鲜嫩喷香。

谷米把烤好的棒子从灶膛里扒了出来，棒子滋滋地冒着焦香。谷米不关心八月十五吃小鸡的事儿，也不太关心灶口烫得滚来滚去的棒子。谷米试了好几试，终于停住风箱说了他一直憋着的话："二叔，我要两块钱。"他不敢使大声，像是怕人听见。

谷米从没有开口要过钱，大队学校不收学费，只是收书钱，而每年的书钱都是谷米爹给的，再说也没有多少钱。二叔问："你要钱干啥？"谷米说："我要买两个写大字的本子，还要墨汁，毛笔，还要一支自来水笔。"二叔问："你爹没给你拿钱？""拿了，"谷米说，"那是书钱。俺爹让我在旧报纸上写大字，我想在大字本上写，上头有格子，我写字好歪。"

"好，"二叔说，"吃完饭给你拿。"

二婶说："看你二叔多疼你，心尖子，我想买个顶头手巾，商量了一个春天也没给我买。"

二叔说："那不是说着说着天热了吗？收罢秋给你买，让你自己挑喜欢的买。"

二婶说："谷米啊，你长大要是忘了你二叔，良心就是叫狗吃了！你会忘你二叔吗?"二婶的脸像是在缭绕蒙昽的云雾里浮游，笑意蒙昽地望着谷米。

谷米说："不会。"玉米棒子不烫手了，谷米从梢头剥下几粒馕进嘴里，焦香在牙齿间漫溢，他顾不上回答二婶的问题了。但二婶让他赶紧吃白馍辣椒鸡蛋羹，烧玉米放到饭后再吃。"狗窝里得放住剩馍!"她一边忙着盛饭一边说。

正对灶头和屋角的房顶棚椽上结着一串串烟炱，它们在昏冥的热气里拂动，像皇帝冠冕上的流苏，像神像侧畔的垂绦，摇摇欲坠，一串比一串更黑暗。二叔二婶最喜欢干净，但就是过年除夕他们也不扫除这些随时会断落的烟炱。它们是吉祥的钱串子，能够纳财进宝。

第三章

　　他们没有吃早饭，一大早就向镇上进发。雪生对镇上的卫生院寄予厚望，一想到那里有高明的医生会手到病除，吓走肚子疼也吓走拉肚子，雪生就心花怒放。他甚至想好了如何感谢谷米，如何挣到由谷米借的拿药的这两块钱。接下来的冬天他要跟他表哥学着擀鞭炮，要起早摸黑地挣到这两块钱归还谷米。来年春天他要学习炕小鸡，他表哥新鲜点子最多，冬天里擀炮春天里炕小鸡，小日子过得富富足足。

他不能像爹那样天天面朝黄土背朝天，到头来也只是填饱肚子，儿子得病都没钱治疗。

心情一好身上也有了劲头，脸上漾出笑意。半路上雪生又让谷米看他的脸："谷米，你再看看我的脸，有血色没有？"他的脸其实真没有血色，在日光下更显苍白，谷米挨近盯着他看，不知道该说啥好，最后只能说："有。"因为他也不知道那苍白之下些许的红润算不算雪生所说的血色。雪生没有追究谷米的回答，因为他已任思绪翻跶，他在想像谷米像羊生活蹦乱跳的日子他该先去哪儿，先干啥。这一个多月他窝憋死了，再这样下去还不如死了好。

一想到死他心里一空，马上垂头丧气，他太害怕死亡了，他不知道死亡到底是什么，为什么总是撵着他不放。人死如灯灭，这是村子里老辈人反复说的一句话，就像一盏灯灭了，死了也就死了。一想到死雪生倒吸一口冷气，他知道自己这一回大病一场，已经挨近死亡，脚一趁滑就堕进死亡的墓坑了！好在有了这两块钱，有了这趟去镇上卫生院看病的机会，雪生觉得镇上的卫生院法力无边，无论什么病只要让那些穿白衣裳的人一瞧，马上完好如初。

他们是杏林高手，他们的手一碰到什么，什么就马上结苞开花。天花烂漫。雪生想入非非，一点儿也没担心他的病会治不好。

　　天气很好，雾岚笼罩着远处的村子，他们出村的时候太阳还没出来，灰蒙蒙一片，路旁的树叶上沾满露水，像落了一场小雨。露水太大，干活的人还没有下田。土路被来往的架子车、驮犁具的拖车磨起一层虚土，走上去软绒绒的，只是让羊生多掏了很多力气，架子车拉着沉了不少。车轮上黏附有一层湿土，差点没有变成泥块。

　　他们只穿了一层粗布单衣，起初薄寒冻得他们的身子都有点哆嗦，说话声音发颤。好在不久就金光万道，太阳从东边的田野里崭露面容，先是沉红，像烧炽的架子车车轮，一转眼工夫已黄炽起来，褪去了红黄就是耀眼的雪白。云彩千变万化，绚烂得让人不敢相信，一睁眼一闭眼就是一种颜色，仿佛打碎了颜料桶全泼洒在东天上。他们很快就不冷了，身子舒展开来。露水眼见着被晒干，不再黏附在车轮上。道旁的白杨树也不再耷拉着滴水，而是又昂扬起来，以为又回到了热烈得让它们疯狂的夏天。

雪生躺在架子车上看云彩看树叶，也看偶尔飞落到身上的蚂蚱。蚂蚱稠密得像随手抛撒起的土粒，它们热爱阳光，也意识到了离开这些阳光的时间已近在咫尺，它们格外珍惜这最后的日子。它们就要死了，它们要再飞起来，能多飞一次就多飞一次。秋后的蚂蚱，蹦跶不了几天了。雪生想起了这句话，心里咯噔一响。他再次想到了自己这病。

　　土路并不好走，牛犁到田头要拐弯返回，路面被犁铧咬啮得豁豁牙牙。羊生弓着腰吃力地拉套，谷米也弯腰抓着车帮推车。雪生要下来，但羊生不让他下地。后来雪生还是下来了，让羊生拉着车朝前走，他扶着谷米的肩膀走那一段坎坷的路。雪生走得很慢，他没有力气，粗布衣裳穿在他身上，就像搭在几根棍子上。他真是骨瘦如柴，一起风就能刮倒。谷米扶着那羸弱的病体，又心疼又难过，鼻子一酸，眼泪已经涌出来。谷米喜欢健康和干净，他也有点嫌恶这干瘦的躯体，总感到有某种污秽扑面而来。他甚至还有点害怕。他趔着身子躲避，又为自己这种想法和行为羞愧。他只有更紧地抓住雪生，几乎有点想驮着他往前走。

那段烂路好歹走完了，又到了平整的路面，雪生马上就躺在了架子车车厢里。走路让他劳累，他满头大汗，身上也虚汗淋漓，褂子溻湿了几处。谷米和羊生一替一歇拉架子车，但明显谷米有点体力不支，拉不多远就再迈不动脚步，羊生嫌他走得太慢，不让他再拉。羊生吭吭哧哧像一头牛犊，架子车咯咯噔噔往前走，往那座他们平时偶然一至的镇子上走。接下去他们就走完了土路，走到柏油路上了，架子车猛一轻松，不使劲儿自己就直往前冲。羊生和谷米松了一口气，只要一直走在这样的又硬实又平坦的柏油路上，再拉上十里八里他们也不怯阵。

村子离镇上九里远，六里地是土路三里地是柏油路，到了镇上才知道他们走得太慢。他们走到镇街上时，早集已散，只剩下稀不棱登几个人和几个卖青菜的摊子。这个镇农历单日逢集，而且是早集，天不亮人群已经聚集街上，等到太阳爬上树梢，该买的早买了，该卖的也早卖了，热闹散去冷清再度来临。这样的早集是为了不耽搁活计，是这一带的习俗。

三个人走在逢集后的街上，紧赶慢赶走了九里路，浑身是汗，又累又渴。谷米的肚子咕噜噜滚响，他确实有点饿。从没有在早上跑过路，一下子走了这么远，饥渴不依不饶就全号鸣起来。但他忍着，他们都忍着，走过一两处炸油条卖烧饼的摊位他们两眼直视，不朝那儿看。最后还是看了，忍不住咽口水，但他们没有停顿，一直朝北街走去。他们要去那儿的卫生院，要赶紧给雪生治病。只要走进那个神奇的大院，雪生的肚子马上就能不疼。

　　"肚子疼，找黄灵，黄灵拿刀，割你的肚包。"谷米想起这首童谣，当你肚子疼的时候，只要唱唱这首童谣歌，肚子疼马上就会被吓跑，就不疼了。但雪生几乎天天唱这首谣曲，也没见管用，看来还是要相信卫生院里的医生，那是些有本事的好医生，都穿着白衣裳呢，脖子里还圈着听诊器。

　　集市的景象与村子大不相同，谷米开始东张西望，羊生也开始东张西望。羊生毕竟才是个十岁的孩子，他额头上沁满汗珠。他有些累了，脚步有点沉重。谷米换他下来。虽然比土路上轻减多了，但套在肩头的拉襻仍然要绷紧，想让架子车走起来必须得弓下腰身使劲。

谷米顾不上再看一街两旁的好景致，他得把心思使在拉车上。而有多少好景致需要看望需要细细品味啊！谷米走过十字街口的西瓜摊，那儿簇拥着好几只大西瓜，每只都有水桶粗细。谷米一个月前赶集时吃过这摊上的西瓜，黄沙瓤儿，甜得要命，五分钱一牙。但现在他们已不分切，只整个卖——谷米没有看见那张临街的长桌上有一牙西瓜，而上次却摆着满满两排。供销社里的电灯大白天也要亮着，照着一柱一柱排列的布匹，各种花色，有平布，有"的确良"，还有卡其布……

谷米幻想能有一身蓝卡其的衣裳，但他知道这是妄想。卡其布厚墩墩的，实在是太贵了。谷米娘舍不得给孩子穿那么贵的布，二叔就是再疼谷米也断不会出手那么阔绰，何况现在又借了他两块钱，谷米当然不会开口要扯布做新衣。但谷米想看看那儿的灯泡是不是仍在点亮，想看看布匹在灯光下的五彩缤纷，就像清早或傍晚的霞锦。那个卖茶的摊点炉火熊熊，冬天里有一回赶集谷米在那儿烤过手，他的手上生了冻疮，一走路出了汗两手痒疼，只要见了炉火烤一烤那些痒痒就会变一种痒法，有点发钝地痒。谷米只是想看看炉火在夏末秋初的模样，并不想再在那儿烤手，他的手现在好好的，要等到冬天手背才开始冻痿。一街两旁有太多的新奇牵着谷米的心，但此时谷米却只能用心用力牵引架子车。

卫生院跟着集市潮汐，逢集时病人就多，背集时病人就稀。他们走进了那处有点神圣的红砖矮墙包围的院子，宽阔的大门口咧开着两扇白铁栅栏大门，栅栏门上竖着铁镞，尽管锈迹斑斑也是余威不减。门诊是一长排带厦的红砖瓦房，灰色的门或张或闭，房间里蕴藏着无限神秘。有人在那些门里进进出出，那些人大多穿戴平常衣物，偶有人穿一身白大褂，表情严肃，像是刑场上掂刀的刽子手。

羊生扶平车架，让雪生躺着舒服，谷米则要去寻找医生——那是他此行的重任。谷米有些畏葸，他与陌生人打交道并不在行，而且现在要找有点瘆人的陌生人——他们穿着白衣褂，像是半夜里的鬼魂。村子里只有死人的葬礼才穿白衣裳，平时浑身白衣是忌讳的，不吉利的，再说也没人会那样穿戴。可是你看那人，不只穿着白大褂还戴着白帽子呢，好像要去哭坟。但谷米得找他们，只有这些鬼魂才能祛掉雪生的病。谷米探头探脑地站在走廊里，他不知道该走进哪个门，该找谁瞧病。他的心怦怦跳荡，这个任务实在太艰巨，不是他能够完成得的。有一刻他想打退堂鼓，但抬头一看羊生在朝他看，满眼期望，雪生也从车厢里仰起头看他，他马上硬起了头皮。

他走进了一间人较稀少的屋里，一张灰暗的桌子靠墙摆在当中，桌后坐着穿白衣的人。那是个五十岁开外的男人，瘦猴脸，老鼠眼，牙齿有点发黑发黄，一看就是个老烟鬼。他正在把手伸进一个年轻妇女的怀里，那女子坐在他面前的长椅上。谷米背过脸去，他觉得这时候走进屋去不妥，似乎是耽误了人家的好事。但那男人并不避讳，也没朝他看一眼，仍然伸头侧目手插进女人怀里一动不动。谷米这时才看见女子身旁还站着一个男人，他松了一口气。仍然没有人朝他看一眼，谷米不得不问一句话缓解尴尬："这儿看病吗？"

白衣男人瞥了他一眼，但并没有回答他的话，而是问那妇女："发过烧没有？"说着把手收了回来。他手里握着听诊器圆头，他在给女子听心听肺听胸脯。

"没发过烧，只是出气粗。"女子柔声说话，像苍蝇嘤嘤。

"给谁看病？"思索着的医生收好听诊器，抬头问愣在那儿的谷米。

谷米没弄清是在问他，他仍在东瞅西瞧，站在妇女身旁的男人伸手拨拉了他一下提醒："问你呢！你给谁看病啊？"

谷米磨过脸来，他回过神来了："给雪生，他肚子疼。"

"雪生是谁？"医生漫不经心随口问，他开始开处方，"先开三天的药吃一吃看，不好了咱再开中药。咱有的是办法。"他对妇女也对站着的男人说。

"雪生，雪生，"谷米闪到门口喊，"快点羊生，在这儿看呢！就在这儿看！"谷米的声音里有发现新大陆的兴奋与得意。

瞎猫撞了只死老鼠，谷米可是找了个医术精湛的杏林高手。这位白衣楚楚的医生是赫赫有名的裴医生，曾经是背着药箱满村跑的赤脚医生，后来摇身一变就成了卫生院里的坐诊医生。裴医生以前是中医，西医是后来学的。他喜欢使用"大黄牡丹皮汤"的方头，无论啥病他都只用这一个方剂加减，大黄牡丹是君药，其他皆为臣辅宾从，胃疼了加几钱白术砂仁，发烧了加几钱柴胡菊花，虚汗淋漓了加几钱党参地黄……反正一剂药是可以这样添点去点吃一辈子的，他因此得了个外号"丹皮"。外号与一种名花不太相侔，总得带点颜色才能斑斓，最好与生殖器比如睾丸阴囊什么的丝缕相连，这是风俗，于是丹皮改为"蛋皮"。蛋皮是卫生院里人们对裴医生的亲切称呼。今天蛋皮上不上班？这样一问人人都知道是在说裴医生。但裴医生后来不知腿肚子转了哪根筋，突然改弦易辙，竟然成了西医。他没有学过西医，但在卫生院里耳濡目染，竟然对西医动了念想。他开始使用西药，当然也是形势所逼，不使用西药你这个医生就很难吃得开，再拿大黄牡丹皮汤四处浇灌眼见就要寸草不生死路一条。裴医生一看西医内科学是那么一大摞厚书就有些头痛，有些想尿尿，他连翻一翻的欲望都没有，再说他也不识几个大字，不一定能看懂那上面又是西洋字母又是一连串的符号与数字。裴医生听说了土霉素这个名字，也知道这个药药性平和能治百病（他认为凡是带"素"的都是灵丹妙药），于是他开的处方上频频出现土霉素的大名。胃疼他开土霉素片，连孕妇他也不放过，见病必上土霉素。在这种革命性变化中，再叫蛋皮的名号明显已经陈旧迂腐，时代呼唤创新，于是好事者开始寻觅更妥帖的称谓：土霉素！给雪生看病时的裴医生"芳名"初更，土霉素土霉素在私底下叫得正响。

厦廊比平地高出两个台阶，裴医生拎着听诊器直接跳下来。他的个头太矮容易跌跤，他一个踉跄差点摔倒。也许是他手里的听诊器挽狂澜于既倒，他一甩听诊器圆头猛一闪光，就把住了平衡站稳了身子。

他站到了架子车旁边，雪生搂起褂子让他按摩肚子。雪生的肚子深凹成坑，肚皮贴着脊梁。裴医生使劲儿按压右下腹，然后夸张地猛跳起手，问他疼不疼。根本不用问，雪生的嘴一直咧着，不会不疼，而且疼得厉害。裴医生把那只闪着镍光的圆圆的听诊器头贴在雪生肚皮上，听肠子们车轮滚滚。然后他就结束了检查而且下了诊断：

"肠炎！慢性肠炎！"他干脆地说："你再耽搁半个月，那你就不用来治了。"他又说："我给你开新青霉素，你试试，用过就知道了，立竿见影，厉害得很！"他自鸣得意，那种新药是他的又一种拿手好戏，仿若祖传法宝。

裴医生穿着白大褂，但他没扣上扣子，敞着怀，一走动大褂炸开像只带翅膀的土鳖。白大褂的前襟染上了处方笔的墨团，某一处还沾染着药水滴沥的黄色印迹。他站在那儿就像一个用脏雪堆起来的雪人，不高的雪堆上竖着一块红砖，他的刀条脸有点病态的通红，两腮略略凹陷。他有点睡眠不足，两眼强行睁开，时不时张开嘴洞打个长长的哈欠。

就是裴医生不说，雪生也知道自己患的是肠炎。大队卫生所的赤脚医生说他是肠炎，他那个舅姥爷也是按肠炎在开中药，但罔见疗效。雪生吃啥拉啥，食水进了肚子不着窝，一路上他下车拉了两回。他对裴医生肠炎的诊断有点失望，但一听新药又满怀希望，觉得自己有救了，一用那种新药一定能百病消除，肚子不疼了，身上也充满力气，像先前一样可以和谷米、羊生一起蹦来跳去。

谷米没有雪生乐观，他看着雪生瘦得脱形的窄脸有点发愁，病来如山倒病去如抽丝，就是新药见效也不见得马上就痊愈，他忧心忡忡。跟着裴医生再度走进那间阴暗的房间，看裴医生在处方纸上龙飞凤舞地乱画，谷米的学问太浅，他看不出来递给他的那张薄纸上写的是什么。他站着不动，等着裴医生拿出那种新药。但是裴医生没有拿药的意思，倒是脱掉了白大褂要走。他整理着皱褶的衣领间，谷米不去拿药傻站着干什么！谷米说，到哪儿拿药？这儿不拿药吗？裴医生"唉"地叹一声气说，我这里又不是药房，我上哪儿给你拿药！快去快去！那边药房拿药。

裴医生是"一头沉"，老婆孩子全在村子里种田，正值秋收大忙，他想赶紧回家犁地。本来他指望今天逢集能多看几个病人呢，没想到门可罗雀，只等来了这两个病号。这三个小孩儿来看病，也没来大人，不知他们拿不拿得成药。裴医生自认倒霉，想赶紧回家。他这一头没捞着，不能一头脱弓一头抹弓——（扁担）两头不落一头。他连看一眼架子车厢里躺着的男孩儿都不想。他只想抬脚就溜。

谷米去了药房，一个戴着眼镜没穿白衣裳的老头蹲在椅子上，像一只守窝的秃鹫。他秃顶高鼻，眼窝深陷，目光凌厉。他没有搭理谷米，从窗户上开的一处洞洞里接过谷米递来的处方，噼里啪啦地拨拉算盘。他熟练地在处方纸上画拉了几笔，马上扔给谷米。谷米踮着脚尖说，我要拿药！秃鹫说，交费去！谷米说，不在这儿交费吗？秃鹫不想多说，仍是那句话，交费去！不过说时用手朝东边挥了一下。谷米看见他的整整齐齐的牙齿闪射死寂的青光，知道他镶了一嘴假牙。

原来还有一个收费处，也是窗户上开了个洞洞，是一张女人的大胖脸嵌在那儿。她没有看谷米一眼，只是接过处方说出一个数字：四块六！然后等着谷米交钱。她的眼睛很小，与胖脸有点不太谐调，就像用刀尖在猪屁股上劙了两个小口。

谷米一下子惊住了，发愁了，他只有二块六毛钱，还差一少半呢！比白瓷盆还大的大胖脸等了一会儿没有等来钱，就把处方扔了出来。她仍然没有瞧谷米一眼，嘴里鼻子里哼了一声，全是不屑，全是厌恶。

门诊前头站着几株泡桐树，小腿粗的树干被人与车蹭来撞去，布满瘢痕疤瘌，枝叶也不茂盛，半死不活像是得了疥疮。羊生用襻绊套把架子车的车把固定在树干上，这样能够放平车厢，也省力能够松开扶稳车把的手。一听说钱不够，雪生的希望一下子破灭，泪水在眼眶里打旋，一盏照路的明灯被风一下子吹灭，他又陷入了无尽的黑暗中。他模模糊糊觉得这一次是真没救了，自己必死无疑。只要今天再走出这个卫生院走回村子，那他就只剩死路一条了。他受够了腹疼的折磨。他真不想死，他又真想死！晚死不如早死，早死也少受些罪！雪生想到了上吊，一想缢死的人会吐出半尺长的舌头，他就有点恶心那种死法。他多不想死啊，但回去了他哪能活得成啊！

　　雪生绝望了，他躺在车厢里双手抱着头哼哼地哭起来。他眼睛里没有多少泪水，却越哭越痛，哭得浑身一抽一抽的。羊生要给他擦泪，泪没擦着自己先哭了起来。羊生一哭就惊天动地，仰着脖子号啕大哭，不管不顾。谷米不能看别人落泪，一看自己就止不住鼻子酸楚接着就泪水潸然。他们三个长一声短一声地这样大哭，惊动了好几个人围了过来，围来的人弄不清缘由，以为车厢里躺着的是病重不治已死的人呢。

有一个年轻人跳下走廊的台阶走过来。他个头不高也不矮，白大褂穿在身上显得笔挺。他来卫生院不算太久，好奇心十足。他的血还是热的，他的心还没被接连不断的病人麻木，他对所有病人显出极高的兴致。他虽然仅是地区卫生学校的工农兵学员，但他学的是医士专业，他要接诊大量病人验证他学的理论知识。在这个偏僻的卫生院，他这样的已是科班出身的专业人才，被人们视为医术高超者。他走到架子车前，问询发生了什么事情。

围上来的人一听说是没钱治病，也不是啥稀罕事情，马上就散了。要是莫名其妙死了人，还值得围观一番，但对于三个走投无路的孩子，他们实在提不起兴致。于是这个年轻的郑医生可以专心问诊。

"你们家大人呢？"郑医生问谷米。在三个人当中，看上去只有谷米撑点事儿。

谷米揉着眼睛，看看止住哭泣的雪生说："没有大人。"

"就你们三个小孩子来的？大人们咋这么放心啊！"他听雪生说肚子疼，就又像刚才的医生那样查看雪生的肚子。"是裴医生给你们看的？"他拿过谷米递来的那张被泪水打湿了的处方扫了一眼，"他走了，回家了。"郑医生看到裴医生开的是最贵的氨苄西林，一块五一支，当时刚刚时兴。病人的尪羸瘠瘦超过想象，是晚期癌症病人的恶病质状态，高度营养不良。郑医生断定这个孩子是患了癌症。

郑医生问得很仔细：病了多久？在哪儿治疗的？吃了哪些药？肚子是一直疼还是一阵儿一阵儿疼？白天疼得厉害还是晚上疼得厉害？吃饭后就拉肚子吗？出不出虚汗？肌肉跳动过没有？……郑医生的问题没完没了，但雪生全都一一回答。雪生有绝处逢生的感觉。后来郑医生要看雪生的眼睛，雪生以为他要看他的脸，看有没有血色还有治愈的希望没有，但郑医生想看的却是他的眼，他眼里的瞳孔。郑医生回诊室拿来一支手电筒，掰着雪生的眼睑往瞳仁里照。郑医生检查得仔细，揿灭了再照，照了再揿灭，将两个眼睛反复对比。

郑医生揿灭手电问："下地打过大花药吧?"这一带称棉花叫"大花"，大花结绲开花时都要打农药，不然棉铃虫红蜘蛛什么的害虫会吃光花蘖也啃光叶片，你秋后收不到一朵棉花。大花得打够好几遍药才能遏止虫害，打药是种植大花的最关键步骤。大花药全是剧毒农药，有3911、1605等，用六六粉那些虫子账也不会买（后来又有了"敌杀死"）。正是因为这些家家户户都有的农药，服毒自尽蔚然成风，仅仅因为吵架拌嘴的一件小事值不值得就有人喝了药，去了另一个世界。喝药者以女性为多，尤其是十五六岁的妙龄少女，大都是对月老不满，姻缘多烦，一时想不开就求助于这有来无回的毒药。仰药一瓶盖，一销万古愁。

郑医生已经诊治过不少有机磷农药中毒的患者，夏天里多是喷药不注意洒在了身上，吸收而中毒。这种中毒一般较轻，仅是皮肤吸收药量有限，清洗一番稍加治疗很快就能恢复。不治之中毒多发生在冬春季节，没有农活迫压，人们有了太多的闲工夫吵架怄气，于是动不动就喝农药，因为直接入胃吸收迅速而且超量，即使马上洗胃抢救

108

效果也是有限。

雪生的瞳孔变小，小得像一枚针尖，而针尖样瞳孔是有机磷农药中毒的典型表现。郑医生怀疑雪生的肚子疼也是中毒导致的肠痉挛所致，但是这样长期的慢性疼痛又有点不大像中毒。雪生经常虚汗淋漓，也是中毒的症状之一，但也可能是病久体虚所致……卫生院条件太差，不能进行生化检查，如果能够查验血液中胆碱酯酶活性程度，是最明确的诊断指标，但是这儿的化验室只能检查三大常规：血、尿、大便。超出范围无能为力。

郑医生只能依据临床指征来做出判断，但雪生却矢口否认接触过农药。雪生爹防得很严，知道两个儿子没有一个省油的灯，踢岔葫芦弄岔瓢的，没法保证他们不突发奇想打开瓶子尝尝农药的味道。于是他把粗硕的农药瓶悬挂在厨屋与堂屋间风道里的墙上，需要踩着板凳才能够得着，而两个儿子即使踩着板凳想够着也不可能。雪生爹甚至小心到连喷药也不让闺女掺和，无论多累他都一个人硬扛。他驾驭的这只小船已经七漏八淌，经不起任何一场小小的风雨了，他得处处小心，他越活越怕事情，连一点儿小事他都束手无策。雪生仅仅是拉个肚子，却迁延不愈一月两月，就这还靠着舅舅这棵老树呢，可以赊药治病。唉，屋漏偏逢连夜雨，怕啥就有啥。但雪生爹无论如何也想不到他儿子能与农药中毒挨上边儿。

郑医生让雪生再想想，是不是身上洒上农药了？是不是吃了农药熏过的贮藏麦子？（许多人家冬藏麦子时习惯在苲子里放一包六六粉，说是防止生虫。）但这些全都没有。雪生爹是个仔细人，人家都图省事在贮麦的苲子里放一包农药防虫也防鼠，但他担心泄漏从不尝试。雪生想不出他在哪里触碰过大花药。

"是老黄鳝，缠着他不走。"羊生突然冒出一句话，替雪生回答。

谷米扯了扯羊生的袖子，不让他多嘴。雪生瞪了他一眼："咄！"他啧了一声，不让弟弟发言。

郑医生不放弃，让雪生再想想，好好回忆一番。比如熏蚊虫，是不是放过六六粉？——雪生猛然醒悟，他和弟弟住在堂屋的西偏房里，患病以来经常傍晚要点燃一捋子艾草熏蚊子，每每在艾草上撒一撮六六粉，只让冒烟不让燃烧，乌烟黑雾裹挟着浓重的气息腾起弥漫，气息冲鼻子，蚊虫会死落铺地一层。只有这样夜里才能入睡，不然细雨一般嗡响的蚊子能把你所有的睡梦啮碎。雪生爹对六六粉协助熏蚊没太反对，危害不大，毕竟是低毒农药，翻不起浪花的。

但这熏蚊子的六六粉也不是元凶，因为同住的羊生安然无恙。"你再想想，除了熏蚊子，还有没有其他与大花药挨边的事情？"郑医生站在架子车旁不走，和蔼地和雪生沟通。雪生觉得这个医生像一个亲戚，像他表哥，又和善又亲切。

表哥？对了，脑筋活络的表哥还教会雪生消灭虱子的好办法：用敌百虫片在衣缝上擦拭，药粉沾染能把褶裥里的虱子悉数杀死，连虮子也不放过。因为效果奇好，雪生推荐给羊生，但羊生觉得冬天里晒着太阳搲痒扪虱倒也惬意，算是一场特别狩猎。顺着痒处一摸捉一粒喝饱鲜血的紫黑肥胖虱子，用右手食指的指腹托着，两只大拇指甲对接咔啪一挤，脆响声声血溅梅花。再说虱子的螫痒堪可忍受，没必要大惊小怪。羊生受爹影响，对所有农药都抱有深刻的敌意。

雪生却对表哥佩服得五体投地，他要跟他学擀鞭炮，要学炕小鸡，当然这些灭虱小技巧也是必学科目。不唯如此，表哥将敌百虫片在日常生活中的作用发挥到了极致，夏秋时节晒酱豆他也要在敞开的缸口放一粒这种灰白的大药片，让那些白白胖胖的蛆虫再也不敢光顾酱缸（只有敞口曝晒酱豆才能沉香，而苍蝇们总是钻隙逾穴不舍分秒随时繁衍）。表哥家的猪膘肥体壮百病不染，也是喂过敌百虫片驱除了肠道寄生虫的缘故。雪生生病表哥也来看望过，但他实在太忙，现在他又在县城的街边摆摊修理收音机。在雪生心目中表哥是完美的偶像。

郑医生得知雪生身上穿的粗布褂子擦拭过敌百虫，立即明白了腹疼的因由。雪生一定是有机磷农药慢性中毒！他身上的褂子没有洗过，中午天热时出汗溶解了敌百虫导致皮肤吸收，最重要的是在汗液的偏碱性环境下，敌百虫会迅速转化为毒性强过十倍的"敌敌畏"。下午和晚上天一凉快出汗减少吸收也减少，中毒症状趋于缓解。就这样昼重夜轻迁延不愈反反复复，体质日渐羸弱接近恶病质。

诊断一旦确立，救治争分夺秒。郑医生向三个孩子下达指示：雪生得马上脱掉衣服清洗！首先是全身上下皮肤要清洗干净，衣服只有清洗后才能再穿。当务之急是立即清洗！郑医生十万火急领着他们去了门诊后头的几间偏房，那儿是专门给住院病号供应灶火茶水的伙房。农忙季节住院病人寥落，伙房冷冷清清，只有一个顶着黑头巾的女人在忙碌，她在对付一只圆咕隆咚的消毒锅。

郑医生风风火火："刘大娘，这娃儿得洗洗澡，没有大人跟着来。你先卖给他一瓶开水。"

刘大娘停住手里的活计问："在哪儿洗澡啊？"

"清洗身上的敌百虫！他拿敌百虫药虱子，现在是慢性中毒，得赶紧清洗。"郑医生接过一个护士送过来的蓝边白瓷盆又递给谷米，"就用这个盆!"他又问刘大娘："卖给他们一块肥皂一条毛巾。"

刘大娘除了提供灶火供病号做饭每次收取两毛钱使用费，还捎带着卖些生活必需品，肥皂啊，毛巾啊，当然不缺。雪生从兜里掏出一张五毛的票子递给谷米，让他付钱，但刘大娘说先甭急，最后一起结账。她估计他们还要买她些小东小西。

郑医生让雪生站在太阳照耀的地方，这样似乎暖和些。不过盆里冷热掺和水温适宜，谷米和羊生一个给他浑身打肥皂，一个不停地蘸水擦拭。雪生脱光了衣服，站在那儿簌簌发抖。他不光是冷，也是身体虚弱，站立一久两腿发飘，要是吹来一阵稍大的风，一准就能刮歪刮倒，他已经成了个稻草人。好在这是卫生院的后院，四面都是房子，有风也刮不过来。

院子里没有几个人，但雪生仍然不想脱掉裤头，那是他最后一块遮羞布，在村子里在家里他都没有裸过身子，现在到了卫生院要在郑医生还有刘大娘众目睽睽之下裸体，他觉得无比羞耻。但是郑医生坚持要让脱光。

"脱掉！"郑医生说，"一块布也不能留！"刘大娘已经知趣地进屋忙活去了，雪生哆嗦着两腿仍然没有抹掉那只小裤衩。郑医生说这是治病，没人会笑话的！赶紧脱掉！羊生一不做，二不休，嗖地抓住腰口的松紧带给他褪了下来，然后不分青红皂白地握着蘸饱水的毛巾往他身上淋漓。雪生的小鸡鸡缩成一疙瘩，像一粒大马泡，毫羽未萌，人事不省。

　　雪生光着脚站在大院的角落里，两个孩子在朝他身上洒水抹洗，明亮的水珠在阳光下闪亮，脚下的墁地砖块滴沥出鲜红。雪生病后舅姥爷安排禁止洗澡，说是受凉会加重病情，羊生挥舞的白毛巾很快就染满污渍，但他仍然在火急火燎地擦拭，他知道只有这样哥哥的病才能好。只要哥哥的病能好，叫他干啥他就干啥。

　　他们很快洗完了一盆水，又洗了一盆水。现在打在雪生身上的肥皂已经马上泛出繁盛的泡沫，那些泡沫闪射出虹彩，蓝的红的绿的，甚是绚丽。但虹彩下的躯体瘦瘠得已有点变形脱相。

　　谷米又调好一盆温水，给雪生洗头。雪生浑身瑟瑟抖索。确实是太冷了。

　　郑医生担心时间一久病人会受凉添病，于是让他们赶紧拭干身体。污染的衣服已不能再穿，雪生又没有新的衣裳，只能把铺在架车厢里的一床方格粗布棉被拿来披上。棉被裹不严实四处漏风，毕竟不是衣裳，雪生震齿声声。郑医生脱下他的白大褂递给雪生，让他穿上。"你先穿上在这儿等着，衣服赶紧用肥皂洗几遍烤干。"然后郑医生就走了。

雪生穿上白大褂，当然是不合体，但他挽起下摆严严实实包绕着身子，寒冷溜掉了不少。他的嘴唇青紫，小脸苍白得像一溜纸条。他这时才缓过劲儿来，蹙着眉头忍着阵阵腹疼问谷米："太阳都歪到西边了，早饭都没吃，你饿吧？"谷米早已饿过劲儿，前胸贴着后背，但他说："我不饿，一点儿也不饿！"雪生松开攥紧的手掌，瞅一眼揾成一疙瘩的几张钞票说："一会儿，我们去饭馆里买面条吃。"

这时刚才送盆的那个护士举着注射器走过来，针头上套着安瓿。"你是叫雪生吧，敌百虫中毒的？"她走到雪生跟前，让他扒开衣襟要往屁股上夯针。

雪生觳觫着掖了掖白大褂的衣襟，不想向白衣女子展露臀部。护士微微笑了笑："郑医生的白大褂你穿上还怪好看哩。"不容雪生扭捏，她已动手掀开衣摆，准确地曝光需要的部位。

雪生的屁股太瘦，骨头撑起一张皮，肌肉已经严重萎缩，都有点噙不住针头了。护士选了好久才找到一块肉厚的地方倾斜进针。雪生平素是很怕打针的，连春天里预防接种"流行性脑脊髓膜炎"疫苗他都嘴咧得像磬，可是这次打针他一点儿也没觉出疼痛。他还没有顾上咧嘴，护士说好了，已经推完药液。

郑医生一看三个孩子懵懵懂懂一问三不知，跑个药房都困难，没一个能撑事儿，就先让护士使用注射室的预备药物。雪生算是轻度中毒，只需用上一支 0.5 毫克剂量的阿托品，即能有效遏止症状。尽早用上阿托品，颉颃升高的胆碱酯酶，能快速缓解腹疼。郑医生有把握一针下去腹疼消弭，疾如景响。

谷米在家从没洗过衣裳，也很少用肥皂，但他无师自通，把雪生的衣服不漏一个死角，全都用肥皂打了一遍。羊生比压水机的把柄高出不多少，他两手扳着压水，水流汹涌，哗哗啦啦冲进瓷盆里。谷米的小手力量薄弱，刘大娘实在看不下去，就一挽袖子赤膊上阵。

"一看你在家就没洗过衣裳，"刘大娘说，"要这样揉搓，蘸点水，然后……"她熟练地抓住衣裳反复揉搓，盆子里泛出大团大团的白沫。刘大娘说："你们两个压水，我给你洗。去！"

谷米和羊生四只手把着压柄，水柱粗壮而匆急，倾泻在衣服上。刘大娘唯恐敌百虫赖着不走，连冲了好几遍。"好了，"她站起来叮嘱，"快来！一会儿就烤干。"她拎出裤子，两手拧出一柱柱瀑布。

偏屋里垒着一溜灶台，但现在那些灶膛里空空荡荡，连个火星都没有。病房里只住了一个长期住院的肝癌病人，人家还串通医生自己在房间里开伙，根本用不着刘大娘这儿的灶炉。她只能熄工。她用一只单独的黑铁煤炉做饭，也烧那只消毒锅。消毒锅像是一个小石碾，上头还杵出两只仪表，像是闹钟。谷米烤衣服的时候，羊生对那些仪表有了兴趣，想戳戳摸摸，谷米怕他弄坏了横生节枝，马上制止了他。粗布衣服上轻烟袅袅，一股陈藏的馊味弥漫，谷米转过头去。

这时雪生披裹着白大衣挪了过来——他竟然自己能走！雪生瘦黄的脸上绽满笑容，那是真正开心的止不住的内在的欢悦。

"谷米，羊生，"他瞪大眼睛，睫毛扑嗒扑嗒显得更长，"我好了！我真好了！我肚子不疼了！真不疼了！"

他要把这个好消息赶紧告诉他们，不但是这两个和他生死相依的伙伴，他也想告诉刘大娘，告诉郑医生，告诉爹和姐，告诉所有人。他真的好了啊！一点儿也不疼了！刚才他坐在阳光下有点不敢相信，他弄不清给他打了什么针，怎么针水下去就见效，折磨了他将近两个月的腹疼竟然说没有就没有了。他用手揿了揿一直在疼的脐周，脐周安然无恙，没有疼痛一拥而上。这太不可思议了。

他高兴得颤抖。他站起来又走了几步，确实不疼了。这是之前从来没有过的事情，白天黑夜紧疼慢疼，从来没有停歇过，但现在疼痛们打定主意离开了。它们不再对他感兴趣，它们主要是害怕那一针，不得不走。治病竟然如此简单，摸对了症卜药，药到病除。一刹那雪生又想到了死，他又害怕又不得不面对的死，现在烟消云散了。他离死亡远着呢。他不会死的！他自个儿嘿嘿笑出了声。

雪生换上烤干的衣裳，三个孩子就去找郑医生。雪生不需要躺在架子车厢里了，他不再捂着肚子，可以甩着手轻松地走了。他还太虚弱，走几步就大口大口地喘气，腿上没有劲儿，膝盖发软。可他不再出虚汗，他习惯性抹拉了一把脑门，没有一手的汗水，他再次觉得已经痊愈。他只是眼睛有点发花，有点看不清谷米和羊生的面目，他揉了揉眼睛，仍然看不清。他知道刚刚站起来自己能走路，头晕眼花是正常的。他躺得太久，已经不适应站立行走的生活。

他们在门诊的一间诊室里找到了郑医生，他正在检查一个老头儿。老人是哮喘病，胸腔里呼呼噜噜长响，像是有人在里头拉风箱。他的腿肿得粗起来，像是细腰水桶，两只脚像发面卷子。他行动艰难，需要女儿扶着才能站稳。郑医生说他是肺心病，已经心衰。郑医生让他们住院治疗，但是女儿说家里没人，住不成院。她可以多来医院几趟，但是家里人手实在是太少，田里分的玉米到现在还都好好地站着呢，而人家的早已砍倒运走单等着犁地。

郑医生叹了口气说，得用强心剂，随时会有危险啊。女儿说先打打针再看吧。老人说我的身体不要紧，见针就会好，一见凉气就这样，每年都这样，节气一到就肿，脚脖子一粗不要看日历，白露一准到了。老人嘴唇紫得像桑椹，说话得仰着脸，一句话歇三歇，但他还是把话说完了。他还说夜里不能躺平睡觉，只能成夜成夜坐着。

给老人开好药方，郑医生才顾上三个孩子。"好了吧?"他问，"现在肚子还疼吗?"

"不疼了。"雪生只想笑。他感激郑医生，但他不知道该如何感激。谷米急忙把抱在怀里的白大褂还给郑医生。

"叫我看看。"郑医生招呼雪生坐在长椅上，坐在他的面前。他没看肚子，却掰着眼看瞳仁："你看，现在瞳孔大了，阿托品的作用……就是有机磷中毒。又出虚汗没有?"

郑医生连不出虚汗都知道，真是神医啊!"没有，"雪生往额头上抹拉了一下说，"原先动不动就是一头汗。现在好了，干糁糁的①，一点汗也没有。"

郑医生说打了阿托品眼睛会发花看景物，有时有点看不清，嘴也会发干，但这些都是暂时的，明天就会全好。

----

① 方言，意思是没有一点水分。

郑医生说雪生有电解质紊乱，有营养不良、贫血，需要多吃些鸡蛋和肉补充补充，还要休息好。别忘了回去要清理六六粉，以后别再跟这些东西挨边……郑医生安排得很详细，但就是没有要给雪生开药的意思。

雪生怯生生地问："郑医生，我还要打吊针吗?"他越来越觉得郑医生像表哥，越看越像。

"不需要，"郑医生看雪生精神并不萎靡，虽然虚弱但神气盎然，就不想再给他额外治疗。按说他应该给雪生静脉注射一支解磷定，另外还要开一些补充维生素的药物，但一看孩子们衣刚蔽体的困窘景象也就作罢。"回去好好休养，这两天要多喝水，比用药有效。"他对雪生说，"赶紧回吧，还没吃午饭?"三个孩子从早起到现在凉水都没打牙呢，一提午饭喉咙里就又伸出了手。

雪生斯文了一番，又说："打针的钱给您吧?"他拿出了两块钱，他知道不够，那针太神奇了，一定很贵的。他没想到郑医生连看也没看就说，不要钱了，反正那是预备用药，也不值钱。你们赶紧回去吧。

雪生突然呜呜地哭了，郑医生这么轻易就治好了他的顽疾，治好了愁得他要死要活的病，竟然一分钱也不收，他鼻子一酸就想哭，就哭出声来，又想起郑医生还脱下白大褂让他御寒，他就哭得更痛。他一边哭一边把那两块钱硬塞给郑医生，无论如何也要他收下。他把钱往桌子上一撂，一边哭一边往外走。在雪生爬上架子车时，郑医生又撵过来，把两块钱递给谷米。"拿好，"他说，"我是医生，哪能收钱啊！"

雪生止住哭泣，凝望着郑医生离去的背影，竟有点恋恋不舍。雪生过意不去，找不到感谢郑医生的方法。他想来想去，最后决定等他好透了要把家里的那只大红公鸡送给郑医生，还要给刘大娘送一个老南瓜。刘大娘在他落难的时候帮他洗衣裳，最后只收他六毛钱，只是毛巾和肥皂的钱。雪生觉得这个卫生院真好，连那排死气沉沉的门诊都无比亲切，暗藏生机与温暖。

雪生走几步路两腿发酸，还得坐进车厢。拉车的羊生也没有力气了，饿得头发昏，胳膊发软腿也发软。他们要找一个饭馆吃面条。缓过神来的雪生仍然不相信自己的病就这样好了，有点不放心。

他叫谷米再看看他的脸，看是不是染布了血色。谷米趴他脸上瞧瞧，真的发现一派苍白之下有红润蕴生，如朝暾初上。谷米说变红了啊，真的！谷米抚摸了一下那瘦削的面颊。雪生说，那我是真好了，真好了啊！没说完雪生又捂着脸呜呜地哭起来，泪水从指缝里亮闪闪渗出来。雪生哭得悲痛委屈又欢喜，那是死而复生的人才有的恸哭……

《看看我的脸》创作谈

有时候某一个多少年前的记忆场景会猛然闪现眼前，没有缘由，你的眼睛一亮，接着你的心会一缩。那个场景刺痛了你，但你弄不清究竟是什么让你疼痛。那个男孩儿才十二岁，他躺在架子车车厢里。他骨瘦如柴，尪羸虚弱。他的眼睛却很亮，就像两点烧旺的火，有点灼人。他盯着我，微微喘息着。他不多说话，只是那样盯着我，满怀期望又充斥着悲伤绝望。扶着架子车车把的是一个比他还要小一号的孩子，那是他弟弟。小一号的弟弟拉着大一号的哥哥来小镇卫生院瞧病。他们穿着粗布衣裳，粗布鞋，也算是衣衫褴褛吧。我是医生，我紧蹙着眉头检查眼睛灼亮的孩子。他只是有机磷农药轻微中毒，不算严重，因为是慢性中毒，不容易被发现而被反复误诊。他用通行的土办法药虱子，拿敌百虫片涂抹衣缝，而不知道敌百虫遇碱性的汗水会变成毒性加大十倍的敌敌畏……

事情已经过去三十年，可那双灼亮的眼睛就像暗夜里的星星，总那么一明一明。终于有一天，我想动笔写写这两点火一般的眼睛，写写这个男孩儿和他的小弟弟。

语言照亮记忆，往事如点点繁星，争先恐后向我闪烁。如恒河沙数的琐细事物包围着我，这个生病的孩子仅是个引路者，领我进入我的清贫而无比丰盛的童年，让我清晰地看见曾经忽略的一切。我本想刨出一兜红薯，不意间却切掉了一角田地，土壤的内部渐次显露，根系（块根、根茎、纵横交错的须根），各种植物的种子、蚯蚓、虫卵、混沌在土粒里的腐殖质……那条顺手可以拎起的故事线索像一条瘦根被土壤埋葬，可有可无，语言在自由构建另一个鲜活的全新世界。

而最重要的则是一个叙述声音被析出，他在面对着庞杂的昔日世界兴致勃勃地讲述，汪洋恣肆。正因为这个与事件保持一定距离的叙述声音的存在，讲述空前自由，拥有了无限变化的权力，各种叙事技巧得以随心所欲使用。

　　这是我写得最放松最自由的一次，我把这部小说视作我写作史上的一座里程碑。

再答《大益文学》

问：我们一直提倡一种文学的先锋精神，您如何理解当下的先锋精神（先锋性）？

答：当下的先锋精神，应该是真正的文学性，就是让文学回归文学本身。不仅是形式上的新异，最重要的是要弱化作为娱乐属性的故事因素，强化用语言呈现一个真实世界的艺术性。由于文化、历史、现实等方方面面的渗透影响，偏离文学性是当下写作的突出问题。每个写作者都想写出传世佳作，但一个时代的整体风气很难违抗。先锋就是要推倒那些习惯的壁垒和高墙，冲开一条口子，闯出一条新路，斩断旁杂阻绊直抵文学本质。

问：聊到文学经典，我们大多还是会提及西方经典。这带来一个很重要的问题：中国文学和西方文学到底差异何在？在您看来，二者的优、劣到底是什么？我们到底比西方"少了什么"？

答：中国文化重视诗词文章而轻小说，这一点从"小说"这个名字中的"小"字就能看得出来。小说就是街谈巷议、稗官野史，是人们茶余饭后的闲话，难登大雅之堂。中国文化没有重视艺术的传统，各个艺术门类悉数被划归下九流行当。中国社会真正重视小说始于西风东渐的五四时期，胡适先生手臂一挥大喊一声"小说能够救国"，于是才有了小说的位置。西方一直重视虚构文学，从古希腊时期的戏剧就能看得出来，当时的戏剧作家埃斯库罗斯、索福克勒斯等人名噪一时，地位堪比载胜归来的将军。小说这种文体起源、发展、完善全在西方，相比之下中国小说整体上薄弱了许多，尽管中国文学中也不乏优秀作品。西方文学对叙事写作进行了全方位的探索，小说起源在西方，发展成熟在西方，可以当成写作教科书的经典小说都在西方。要想写好小说我们必须向西方文学学习。

问： 您觉得当下的中国文学，是经历了历史积淀处于最好的时候，还是受到冲击和边缘化处于谷底？

答： 应是最好时期。写作者能自由阅读，看见世界上最好文学的模样。由于中国经济的飞速发展，写作者可以不靠写作就能填饱肚子，这为从容写作提供了良好条件，能够孕育产生真正的好作品。

问： 具体到写作者，大家都是，也都在努力。我们是中国当下文学的参与者，也是见证者。我们到底该给自己提出什么样的要求和标准，方才"有望"写出经典？

答： 向一切最好的作家学习，发现并学习他们的写作技巧，找到最适合自己的表现方式。只要找到了自己的表现方式，将自己的感觉储备、思想储备能够表现出来，足矣。至于能不能成为经典，只有老天知道，不需要作家本人操心。

问： 例举一下你非读不可、必须推荐的文学大师，他

（他们）对你到底意味着什么？你学到了什么？能超越他（他们）吗？

答： 约克纳帕塔法王国的国王福克纳。他教会了我如何发现真实表现真实，让我明白了小说叙述的十八般武艺。作家与作家之间没有谁超越谁的问题，每个人都是独在的平行世界。作家唯一需要的是不断超越自己，尽力到达自己的极致。

问： 大益作家群是《大益文学》最重要也是最珍贵的财富，谢谢您的一路陪伴！您期望未来的《大益文学》还能给中国作家们和中国文学带来什么？

答： 好作家大都是独行侠，他们总是游离于主流与群体之外。他们才是中国文学的希望。能够发现并提携这样的人，功德无量。